Widmung

Das vorliegende Buch ist ein historischer Roman, der seinen Höhepunkt im zentralen Ereignis des Neuen Testaments – der Kreuzigung Jesu – findet und eingebettet ist in einen Bereich der Geschichte des Judentums, der lange Zeit auch den Juden selbst unbekannt war. Ich widme den *Hyänenflüsterer vom Wasserfall* deshalb einer Schulkollegin aus meiner Gymnasialzeit, Agnes Hirschi-Grausz. Sie hat durch ihre Mutter selber jüdische Wurzeln.

Ihr Stiefvater Carl Lutz, der während des zweiten Weltkriegs Schweizer Vizekonsul in Budapest war, trickste im deutsch besetzten Ungarn die dortige Regierung durch Schutzpässe und falsche Freibriefe aus und rettete so zehntausenden ungarischen Juden das Leben. Als das bekannt wurde, war die Schweizer Regierung über diese sogenannten diplomatischen Verstösse alles andere als begeistert. Um Carl Lutz wurde in der Folge eine behördliche Mauer des Schweigens errichtet. Zur vollen Anerkennung seiner Rettungsaktion kam es erst nach Carl Lutz' Tod durch die Bemühungen seiner Stieftochter Agnes.

Ohne seinen Glauben hätte es der eher scheue Carl Lutz nie gewagt, eine der weltweit grössten Rettungsaktionen für Juden in die Wege zu leiten.

Als bewusster Christ interessierte er sich für den angehenden Theologen aus der Gymnasialklasse seiner Stieftochter, was mir Gelegenheit gab, ihn persönlich kennenzulernen. Atemlos hörte ich jeweils seinen Erzählungen zu.

Meiner Schulkollegin möchte ich mit meiner Widmung meine Anerkennung dafür ausdrücken, dass sie ihren Stiefvater aus der Versenkung des Schweigens herausgeholt hat.

Heute ist im Bundeshaus ein Sitzungszimmer nach Carl Lutz benannt als Zeichen, dass es manchmal eine ethische Verpflichtung sein kann, Gesetze zu brechen.

Dank

Mit dem Bücher-Schreiben habe ich erst im hohen Alter angefangen. Der Roman *Der Hyänenflüsterer vom Wasserfall* ist mein siebtes Buch. Keines dieser Bücher hätte entstehen können ohne die tatkräftige und uneigennützige Hilfe von Kathrin und Urs Meier-Scheidegger, die für Lektorat und Layout zuständig waren. Ihnen sei an dieser Stelle herzlich gedankt.

Über dieses Buch

In Israel leben zurzeit 150 000 äthiopische Juden, die in mehreren Geheimaktionen aus Äthiopien ausgeflogen wurden. Über diese Juden, die sich infolge ihrer 2500jährigen geographischen Abgeschiedenheit von den rabbinischen Juden in mancher Hinsicht unterscheiden, wissen viele Nichtjuden kaum Bescheid.

Der im Neuen Testament als Randfigur erwähnte äthiopische Jude Simon ist die Hauptperson im Roman *Der Hyänenflüsterer vom Wasserfall.*

Marcel Dietler

Der Hyänenflüsterer vom Wasserfall

Bibliografische Information der Deutschen Nationalbibliothek: Die Deutsche Nationalbibliothek verzeichnet diese Publikation in der Deutschen Nationalbibliografie; detaillierte bibliografische Daten sind im Internet über http://dnb.dnb.de abrufbar.

© 2021 Marcel Dietler

www.marceldietler.ch

Umschlagbild: Sabine Szabo (www.sabine-szabo.ch)

Layout und Lektorat: Urs und Kathrin Meier

Herstellung und Verlag: BoD – Books on Demand, Norderstedt

ISBN: 9783754337158

Inhalt

Das Paradies am mächtigen blauen Strom

Wenn man Simon gefragt hätte, was der allererste Ausspruch seines Vaters Menachem sei, an den er sich erinnere, hätte er ohne zu zögern geantwortet: «Gott hat den Juden ein Land verheissen, in dem Milch und Honig fliessen. Wir *anderen Juden* haben es indessen vorgezogen, ins Paradies zurückzukehren.» An diesen Ausspruch konnte er sich freilich nur deshalb erinnern, weil sein Vater nicht müde wurde, ihn dauernd zu wiederholen – jedenfalls bis sie aus dem Paradies fliehen mussten.

Menachem, seine Frau Hanna und die Kinder lebten in Kaparnum am See Geneze, durch den der grosse blaue Strom floss. Die Namen von Dorf und See waren eine Erinnerung an die frühere Heimat. In dem Land, in dem Milch und Honig flossen, gab es einen See Genezareth mit einem Fischerdorf Kapernaum. Die Beta Israel, wie die *anderen Juden* sich nannten, hatten die alte Heimat jedoch schon vor hunderten von Jahren verlassen. Sie hatten sich mit den Paradiesmenschen vermischt und waren dunkelhäutig wie diese, wenn auch mit schmaleren Lippen und anders geformten Nasen. In Kaparnum lebten zwei Gruppen von Menschen friedlich miteinander: die Beta Israel und die Amharen. Kaparnum war eine Streusiedlung aus braunen Rundhütten, gebaut aus einer Mischung aus Kuhdung und Schlamm aus dem See. Aus demselben Material bestand auch das Lehrhaus der Beta Israel, die Mesgid. Um die grosse Mesgid herum scharten sich die kleinen Hütten der Beta Israel wie Küken um die Henne, meist in Dreiergruppen: Neben der Hütte von Vater, Mutter und den kleinen Kindern stand je eine Hütte für die grösseren Buben und Mädchen. Die polygamen Amharen dagegen lebten in grösserer Zerstreuung. Besass ein Mann mehrere Felder, stand auf jedem Feld eine Kuhfladenhütte mit Frau und Kindern. Je nachdem, auf welchem Feld der Bauer gerade arbeitete, wohnte er bei dieser oder bei jener Frau. Die Kinder aus diesen Beziehungen nannten sich gegenseitig Bruder und Schwester derselben Mutter oder der anderen Mutter. Zwischen den Kuhfladen-Häusergruppen tummelten sich nackte Kinder, Rinder, Schafe, Ziegen, Hühner und Hunde aller Bewohner, aber auch die lustigen schwarzborstigen Schweine der Amharen.

Simon war Menachems jüngster Sohn. Seine Schwestern hiessen Dina, Rahel, Ruth und Eva, die Brüder Asarja, Jabes, Gadi und Ramalja. Menachem war ein wohlhabender Salz- und Medikamentenhändler, Besitzer von fünfzig Kamelen, welche die Arzneien und das weisse Gold, wie das Salz genannt wurde, durch die grosse Wüste trugen. Auf seine Karawanenreisen nahm er jeweils auch noch Kamele anderer Besitzer mit. Menachems Vater war ein berühmter Arzt, der aus Weihrauch, Myrrhe und Kuhdung Heilmittel herstellte. Das Myrrheharz wurde von den Balsamsträuchern gewonnen, die eine Höhe von bis zu zwölf Fuss erreichten.

Das Klima in Kaparnum war aber nicht nur für Balsamsträucher, sondern auch für Obstbäume jeglicher Art sowie für Gemüse und Weizen äusserst günstig. Die Bauern konnten jedes Jahr drei Weizenernten einbringen. Menachem hatte mit seinem Ausspruch schon Recht: Sie lebten im Paradies. Kaparnum lag in unmittelbarer Nachbarschaft zu der grossen Wüste und hatte entsprechend viele Sonnentage. Der Regen war zwar spärlich, doch dank der riesigen Wasserfälle konnten die Bäume, Blumen und Pflanzen ihren Bedarf an Wasser aus der immer feuchten Luft decken. Je nach Wind fiel bei hellem Sonnenschein ein eigentlicher Sprühregen auf Land, Tiere und Menschen. In den Wasserfällen schimmerten Regenbogen. Riesengrosse Schmetterlinge mit bunten Flügeln tanzten von einem Ufer zum andern und Königsfischer pfeilten mutig durch die herabstürzenden Fluten in ihre Nester hinter dem Wasservorhang. Die Vegetation war so üppig, dass die Bauern die Zebras und Giraffen ruhig am Dorf vorbeiziehen liessen, wenn diese an den See kamen, um ihren Durst zu stillen. Einzig wenn Elefanten auftauchten, vereinigten sich die Bewohner zu einem gemeinsamen Lärmkonzert mit Pauken,

Posaunen und Zimbeln, um die grossen Kühe zu vertreiben, welche mit ihren Rüsseln die kostbaren Balsamsträucher niederrissen. Nicht selten gelang es ihnen, das eine oder andere grosse Tier zu erlegen. Die nichtjüdischen Dorfbewohner freuten sich über das viele Fleisch und für die Beta Israel, für die der Verzehr von Elefantenfleisch nicht infrage kam, waren die Stosszähne der Tiere ein willkommener Nebenverdienst.

Der grosse Strom war erst beim Austritt aus dem Genezesee blau. Dort, wo das Wasser in den See stürzte, war es hingegen gelb-braun-grau. Simon konnte stundenlang im Schatten von Zypressen auf einem Felsen sitzen und in das tosende Wasser blicken. Er wusste, dass sich der grosse blaue Strom auf seiner Reise zum Meer mit einem weissen ebenso grossen Strom vereinigte und dass der vereinigte Strom durch das Land der Pharaonen floss. Der Junge dachte an das Moseskind in seinem Körbchen, das die Pharaotochter gefunden und zu sich genommen hatte. Wenn Simon nicht gerade in seinen Träumen den Strom bis ins Meer begleitete, spielte er gerne mit den Affen, die auf den Felsen herumtollten und sich ihm neugierig näherten. Papa hatte Recht, sie lebten im Paradies. Er hätte sich nicht gewundert, wenn in der Abendkühle Gott persönlich herumspaziert wäre und sich mit ihm unterhalten hätte. Ein Bäumchen, das ein arabischer Händler aus Indien mitgebracht hatte, trug seit einigen Jahren wunderbare Früchte. Mungo, Mango oder so ähnlich hatte der Händler die Früchte genannt – das musste der Baum mit den verbotenen Früchten sein. Simon genoss diese Mungos oder Mangos in vollen Zügen, sie schmeckten himmlisch. Später, nachdem sie aus dem Paradies hatten fliehen müssen, sollte er noch oft an diesen Baum denken.

Auf dem grossen Genezesee gab es mehrere Inseln. Auf der Eliminsel hatten Mönche ein Beta-Israel-Kloster erbaut. Simon ruderte mit seinem amharischen Freund Zafi gerne in einem aus Papyrus zusammengeschnürten schmalen schnellen Boot zu den Mönchen. Auf ihrer Bootsfahrt hielten sie jeweils Ausschau nach winzigen Ohren, die aus dem Wasser schauten. Nach einem amharischen Sprichwort sieht man bei grossen Gefahren oft nur die kleinen Ohren der Flusspferde; diese waren für die Menschen die grössere Gefahr als die Krokodile. Wenn die Kolosse nämlich auftauchten und ihr riesengrosses Maul aufrissen, wirkte der offene Rachen zwar wie gemütliches Gähnen, doch dass die träge im Wasser liegenden Flusspferde eine tödliche Gefahr sein konnten, hatten sowohl Fischer als auch Frauen, die am Ufer Kleider wuschen, schon erfahren. Den aus dem Wasser ragenden Ohren wich man also lieber aus. Die Buben fühlten sich allerdings sicher, weil sie wussten, dass sie mit ihrem Boot schneller waren als die Flusspferde, die schlechte Schwimmer waren. Auf dem Land dagegen waren die Kolosse äusserst schnell. Tagsüber hielten sich die Flusspferde jedoch im Wasser auf.

«Warum nennt man diese unförmigen Kolosse eigentlich Pferde?», fragte Zafi seinen Freund Simon eines Tages auf der Fahrt zu den heiligen Männern.

«Tauchschwimmer sagen, dass die Tiere unter Wasser tatsächlich wie Pferde aussehen», wusste Simon zu berichten, «aber das wollen wir lieber nicht überprüfen. Mein Grossvater, der Arzt, warnt uns davor, in unserem schönen See zu tauchen, jedenfalls in Ufernähe. Da gibt es nämlich diese winzigen Blutegel, die sich am menschlichen Körper festsaugen, in ihn eindringen und ihren Weg in die Lunge, die Nieren und die Leber oder ins Gehirn finden, was zu einem ganz langsamen, qualvollen Tod führt. Diese Blutegel hassen die Wasserströmung.»

«Verstehe», meinte Zafi, «darum wäscht sich niemand im Schilfdickicht, sondern gehen alle nur an Stellen, wo man die Strömung des Stromes spürt wie zum Beispiel hier.»

«Genau», antwortete Simon.

Sie schauten sich gründlich um. Es waren weder kleine Ohren noch die Bewegung von Krokodilen zu sehen.

18

«Na dann!»

Die Buben entledigten sich ihres baumwollenen Schamma-Umhangs und warfen sich mit einem Kopfsprung ins Wasser. Sie schwaderten und spritzten, achteten dabei aber auf jede Bewegung im Wasser und stiegen dann möglichst schnell wieder ins Boot.

«Ich möchte nicht als Krokodilmahlzeit enden», lachte Simon.

«Wir werden Vater und Mutter nicht sagen, warum wir so frisch und sauber riechen», meinte Zafi.

Die Menschen aus Kaparnum gingen meist im Brodelbecken des Wasserfalls schwimmen, dort gab es weder Blutegel noch Krokodile oder Flusspferde. Allerdings konnte man dort auch kaum miteinander reden; das Gebrüll des Wasserfalls verunmöglichte ein Gespräch.

In der Kühle des Morgens arbeiteten die heiligen Männer auf den Feldern ihrer Insel. Später, in der Tageshitze, hielten sie sich im kühlen Kloster auf, wo sie ihren ergreifenden Gesang in der alten heiligen Sprache Ge'ez mit dem sanften Rauschen des Wasserfalls vereinigten, das über den See bis zur Eliminsel hinüber tönte. Simon war überzeugt, dass Mose Ge'ez gesprochen hatte; jedenfalls war die Thora der Beta Israel in dieser Sprache niedergeschrieben worden. In heiliger Andacht malten die Mönche Buchstaben um Buchstaben auf Papyrusblätter. Ihre Thorarollen waren in den Mesgiden im aksumischen Königreich sehr begehrt. Wenn die Mönche im Kloster nicht sangen oder schrieben, sassen sie einfach stundenlang am Boden, atmeten ruhig, entleerten ihr Inneres von menschlichen Begehrlichkeiten und liessen sich vom Geist Gottes erfüllen. Die kraushaarigen, bärtigen, meist jungen heiligen Männer liessen sich mit keiner Regung anmerken, dass sie die Anwesenheit der beiden Buben wahrgenommen hatten. Der Jude Simon und der Amhare Zafi setzten sich mit untergeschlagenen Beinen zu ihnen und taten es ihnen gleich: einatmen, ausatmen, einatmen, ausatmen, den Geist Gottes einatmen, menschliche Begehrlichkeiten ausatmen. Die Buben liebten diese Stille. Beide hatten längst beschlossen, selber eines Tages Mönche zu werden. Allerdings war für Simon klar, dass das für den Noch-nicht-Juden Zafi schwierig sein würde.

«Ich weiss», sagte dieser, «mein Pisseschnabel muss zuerst so aussehen wie deiner, sonst nehmen sie mich hier nicht auf. Und das soll bei grossen Buben und Männern arg weh tun. Aber über euren Glauben weiss ich schon viel.»

Am Sabbat versammelten sich die Beta Israel in festlich weissen Schamma-Überwürfen, den Kopf mit zylinderförmigen Kofias bedeckt, in der Mesgid von Kaparnum zu Gesang, Gebeten und Schriftlesungen in der alten heiligen Ge'ez-Sprache. Zafi begleitete seinen Freund oft zu diesen Gebetsversammlungen. Die Predigt hielt meistens der Kahen, doch war es auch ehrwürdigen Männern wie Simons Grossvater erlaubt, das Wort zu ergreifen. Wenn die Alten etwas besprechen wollten, das die Jungen nicht verstehen sollten, wechselten sie von der amharischen Landessprache auf Ge'ez, was der intelligente Simon allerdings bald einmal verstand. Während der Woche brachte der örtliche Kahen den Buben nämlich das Lesen und Schreiben der heiligen Sprache sowie der neuen Weltsprache Griechisch bei. Bauern brauchten nicht Griechisch zu lernen; wer dagegen im Handel tätig war und mit Arabern und Menschen aus dem grossen römischen Reich Umgang hatte, musste des Griechischen mächtig sein. Zafi machte begeistert mit.

In der Mesgid lernte man sehr viel über die Geschichte der Beta Israel. Angefangen hatte es mit der Königin Makeda von Saba, wie das aksumische Königreich vormals hiess. Die Königin hatte von der Weisheit Salomos gehört. Sie hatte mit einer grossen Karawane die beschwerliche Reise nach Israel unternommen, um den einzigartigen König kennenzulernen. Makeda und Salomo verliebten sich ineinander. Nach ihrer Rückkehr nach Saba gebar Makeda Menelik, den Sohn Salomos. Als Menelik gross war, schickte die Mutter ihn zu seinem Vater nach Jerusalem. Als Beweis für die Vaterschaft diente der kostbare Ring, den Salomo seiner Geliebten geschenkt hatte. Salomo war von seinem Sohn hell begeistert. Er erzog ihn zu einem Juden und wollte ihn zu seinem Nachfolger bestimmen, doch Menelik hatte seiner Mutter versprochen, wieder nach Hause zurückzukehren. Schweren Herzens liess Salomo ihn ziehen, gab ihm aber zwölftausend junge jüdische Männer mit, die sich in Saba mit einheimischen Frauen zusammentaten. Ein ganz besonderes Geschenk hatte Menelik allerdings nicht von seinem Vater erhalten, sondern das hatte der junge Prinz sich selber angeeignet: Er hatte aus dem Tempel in Jerusalem die heilige Bundeslade mit den beiden Steintafeln mit den zehn Geboten gestohlen, die sich bis heute im Heiligtum von Aksum befinden.

Eine weitere grosse jüdische Einwanderungswelle folgte aufgrund des Untergangs des israelitischen Nordreichs und der Verschleppung der Nachkommen von zehn von ursprünglich zwölf Stämmen im Jahr 3039 nach jüdischer Zählung. Neun dieser zehn verschleppten Stämme gingen endgültig verloren – wahrscheinlich lösten sie sich in der Völkerwelt auf. Der Stamm Dan dagegen gelangte nach Irr-, Wirr- und Leidenswegen schliesslich ins aksumische Königreich zu den Beta Israel mit dem Heiligtum in der Hauptstadt Aksum. So wurde das aksumische Königreich ein zweites Israel.

Unter der amharischen Bevölkerung war Zafi mit seiner Vorliebe für den Glauben der Beta Israel keine Ausnahme. Auch die Amharen fühlten sich als Teil der Geschichte Königin Makedas mit König Salomo und dem gemeinsamen Sohn Menelik.

Wenn sie sich bei den heiligen Männern aufhielten, gelang es weder Simon noch Zafi, bei dem stundenlangen bewussten Einatmen und Ausatmen nur an Gott zu denken. Besonders Zafi versank immer wieder in Träumereien über die Geschichte seiner Vorfahren und derjenigen seines Freundes Simon. Er dachte an die Liebesbeziehung zwischen Makeda und Salomo. Zafi war etwas älter als Simon und hatte bereits eine schöne tiefe Stimme. An Mädchen war er sehr interessiert. Wie das mit Liebesbeziehungen sein würde, wenn auch er einmal ein heiliger Mann wäre? Die Beta-Israel-Mönche lebten frauenlos. Frauen durften zwar die Insel Elim betreten, nicht aber das Kloster. Auf anderen Inseln war es genau umgekehrt, da gab es heilige Beta-Israel-Frauen ohne Männer. Ob es nicht auch gemischte Klöster geben könnte? Er nahm sich vor, die Mönche zu fragen.

Den Buben war es jedes Mal ein Rätsel, wie die heiligen Männer alle gemeinsam wussten, wann genau das meditative Sitzen und Atmen zu Ende sei. Wie auf ein Kommando erhoben sie sich auch diesmal feierlich, strahlten die beiden Gäste an und luden sie zu einem Trunk aus verkohlten Bunabohnen ein. Die Bunakohlen wurden aus Beeren hergestellt, deren bitteres Fleisch einen bohnenartigen Kern umgab. Diese Bohnen wurden über dem Feuer zu Kohlen gebrannt, die dann zu Pulver zerstossen als Heilmittel oder mit heissem Wasser aufgegossen als Getränk verwendet wurden. Die Mönche verwöhnten die Jungs nicht nur mit Kohlentrunk, sondern auch noch mit Paradiesfeigen. Die Paradiesfeigen stammten ursprünglich aus einem Land, das noch weiter entfernt war als Indien. Seefahrer hatten die Pflanzen zu den Beta-Israel-Mönchen im aksumischen Reich gebracht. Im Elimklostergarten erreichten die Bäume mit den wunderschönen grossen schirmartigen Blättern eine beachtliche Höhe. Die seltsam krummen Früchte, die zur Reifezeit gelb wurden, hingen in handförmigen Büscheln an den Bäumen, an jeder Hand bis zu zehn nach oben gestreckte krumme Fruchtfinger. Die heiligen Männer assen untertags nichts, sie tranken lediglich das Kohlenwasser.

«Wir Mönche nehmen nur eine einzige Mahlzeit zu uns, am Morgen, bevor wir auf den Feldern arbeiten gehen», erklärte Bruder Henoch den Jungs. Er war ein junger Mönch mit wunderschönen dunklen Augen, die freundlich aus einem Gesicht mit Wuschelhaar und dem bei den Beta Israel typischen Bart leuchteten. Die Amharen hatten hingegen fast keinen Bartwuchs.

Zafi fasste sich ein Herz und sagte: «Bruder Henoch, du bist ein junger schöner Mann, in den sich manche Frau verlieben würde. Ich sehe dich manchmal am Festland, du hast doch sicher eine Freundin – es sei denn, deine männlichen Begehrlichkeiten seien abgestorben.»

Simon erschrak. So etwas sagte man nicht zu einem heiligen Mann. Er sah die Mönche jedoch lachen und sich belustigt über ihre Beta-Israel-Bärte streichen. Bruder Henochs weisse Zähne blitzten, als er sagte: «Junger Freund, ich schliesse aus deinen Bemerkungen, dass du bereits einige Erfahrungen mit dem anderen Geschlecht gemacht hast.»

Zafi nickte verschämt.

«Genau wie ich in deinem Alter», erwiderte der heilige Mann lächelnd. «Wenn diese Begehrlichkeiten erst einmal erwacht sind, schlafen sie nicht einfach ein. Das ist bei uns Mönchen nicht anders. Aber es gibt für uns Asketen ein gutes Mittel, über diesen Begehrlichkeiten zu stehen. Wenn solche Lüste über mich kommen, verzichte ich mehrere Tage lang auf meine einzige Tagesmahlzeit. Bereits am dritten Tag denke ich nicht mehr an Frauen, sondern nur noch ans Essen, und vom fünften Tag an nicht einmal mehr ans Essen, sondern nur noch an Gott. – Ihr seht also, Jungs, es ist ganz einfach.» Dann wandte er sich an Simon: «Sohn des Menachem, vermeide die Erfahrungen deines Freundes und du wirst Ruhe haben. Wecke nicht den schlafenden Löwen. Ihr seid beide ganz tolle Jungs und es ist euch ernst damit, eines Tages endgültig zu uns zu ziehen und nur noch für Gott zu leben. – Jetzt aber ist es für euch Zeit, in euer Boot zu steigen und zurückzurudern. Der Tag geht dem Ende entgegen und ich will, dass ihr zu Hause seid, bevor die Flusspferde aus dem Wasser steigen.»

Vom Paradies zur Hölle

«Mein Sohn», eröffnete Vater Menachem Simon wenige Tage nach
Simons und Zafis Bootsreise, «ich werde mich wieder für längere
Zeit von zuhause verabschieden. In Kyrene warten sie auf meine
Karawanen: auf das weisse Gold, auf Grossvaters Arzneien und auf
die Elefantenzähne. Das Salz muss ich mir allerdings zunächst
einmal beschaffen. Deine Brüder werden sich freuen, dich endlich
wieder einmal zu sehen, ich nehme dich nämlich mit in die
Salzwüste zum Salzstechen.»

«Ich weiss nicht, ob es gut ist, unseren Jüngsten zu seinen Brüdern
in die Salzwüste mitzunehmen», meinte Mutter Hanna besorgt.
«Die Salzwüste ist der Eingang zu Hölle. Es ist furchtbar heiss und
der Boden so brüchig, dass man von der Hölle verschlungen
werden kann oder im Salz einsinkt. Und unser Sohn ist krank.
Beim Sprechen beginnt seine Stimme zu krächzen. Ich werde mit
ihm zu Grossvater gehen.»

«Ich weiss», erwiderte Menachem lachend, «Simons Stimme ist
seltsam geworden, doch liebste Frau, das war bei unseren anderen
jetzt erwachsenen Söhnen auch so. Unser Nachzügler hört auf, ein
Kind zu sein. In ein paar Monaten wird er mit einer ganz besonders
schönen Stimme in der Mesgid singen und bald einmal würdest du
ein weiteres Mal Grossmutter werden, wenn Simon nicht längst
beschlossen hätte, ins Kloster einzutreten.»

Hanna seufzte erleichtert. «Dass ich nicht selber darauf gekommen
bin! Aber ich hatte halt nie den Stimmbruch. Und als Mutter
wünscht man immer, dass die Söhne und Töchter Kinder bleiben.»
Sie umarmte den Sohn. «Na, dann geh mit Papa, mein Liebling.
Gott mit euch beiden.»

Simon war begeistert. «Darf Zafi auch mitkommen? Er möchte
bestimmt auch gerne die unheimliche Farbenpracht der Hölle
sehen.» Der Vater hatte nichts dagegen.

Menachem war meistens nur mit der Hälfte seiner Tiere unterwegs, die Muttertiere, die eben erst geworfen hatten, blieben jeweils im Paradies und warteten auf die nächste Reise. Auf der Hinreise waren die Tiere für den Ritt in die Hölle mit leichtem Gepäck beladen, lediglich mit den Lebensmitteln, welche die Brüder für die nächsten Monate benötigten. In der Hitzezeit würden die jungen Männer ohnehin zu ihren Frauen nach Kaparnum zurückkehren, denn die Temperaturen in der Hölle waren selbst in der etwas kühleren Periode kaum zu ertragen, aber auf dem Höhepunkt der Glutwelle war an das Salzstechen überhaupt nicht zu denken. Zudem wollten Asarja, Jabes, Gadi und Ramalja die Kinder sehen, welche ihre Frauen im Paradies unterdessen geboren hatten.

Wenn nichts dazwischenkam, würde die Reise in die Hölle eine Sabbatwoche dauern. Als am Himmel die ersten Sterne aufleuchteten und der Sabbat somit zu Ende war, brachen sie auf. Den nächsten Sabbat würde Simon bereits mit den Brüdern feiern. Auf dem ersten Kamel sass Vater Menachem, auf dem zweiten sassen die beiden Freunde Simon und Zafi und den Schluss machte Onkel Ibrahim auf dem dreissigsten Kamel. Mit dabei waren auch Berhane und Hawi, zwei amharische Knechte. Vater, Onkel und Knechte waren bewaffnet – man konnte nie wissen. Auch die Jungs hatten Speere und Schwerter bei sich. Die beiden unterhielten sich auf ihrer Schaukelreise über die Natur ihrer treuen Transport- und Reittiere. Wie konnten diese in grosser Hitze tagelang ohne zu trinken munter weiterziehen? Zafi war der Ansicht, die Höcker der Kamele seien so etwas wie ein Wasserspeicher. Dem widersprach Onkel Ibrahim. Von seinem Vater, dem Arzt, wusste er, dass die Höcker der Kamele ein Fettspeicher waren, von dem die Tiere zehren konnten, wenn es nichts zu fressen gab. Auch war ihr Kot trocken, denn der Kameldarm entzog dem Kot die Feuchtigkeit. Ähnlich verhielt es sich beim Urin: Solange sie unterwegs waren, gaben die Kamele kaum Urin ab; das Wasser wurde aus der Blase ohne die giftigen Substanzen wieder in den Körper zurückbefördert. Wenn die Kamele dann aber wieder tranken, schieden sie anschliessend grosse Mengen des Konzentrats stinkender Schadstoffe aus.

Am ersten und zweiten Tag schaukelten die Reisenden aus Kaparnum auf ihren Kamelen vorbei an Getreidefeldern und Gemüseplantagen, durch Zypressenwälder und über weite Graslandschaften. Letztere waren Simon und Zafi als Kamel- und Rinderhirten bestens vertraut.

Die Zebras und Giraffen dort schienen sich für die Karawane zu interessieren. Furchtlos näherten sie sich den Menschen und Kamelen. Vater, Onkel und Knechte waren verblüfft. «So nahe sind die Wildtiere noch nie zu uns gekommen.»

Zafi und Simon schauten einander vielsagend an. «Die Zebras und Giraffen kennen die Gesichter der Menschen.» Beide stiegen von ihrem Kamel und traten auf die Giraffe zu, die der Karawane am nächsten stand.

«Das ist Zelia», stellte Simon die Giraffe vor. Zelia neigte ihren Kopf an dem langen Hals zu den Burschen. Simon kraulte den Giraffenkopf, was die Giraffe zu geniessen schien. Zafi drückt einen Kuss auf Zelias Nase. Die Reisebegleiter beobachteten die Szene mit ungläubigem Staunen. Sie waren erst recht fassungslos, als sich Zebras herbeidrängten und ebenfalls gestreichelt und getätschelt werden wollten.

«Wenn wir als Hirten hier draussen sind, freunden wir uns mit den Wildtieren an», erklärte Zafi. «Zelia sind wir bei einer schweren Geburt beigestanden. Wir haben ihr Baby aus dem Mutterleib geholt. Das vergessen die intelligenten Tiere nie.»

«So etwas können nur Männer, welche Klosterbrüder werden wollen», stotterte Menachem. «Wie hat das alles angefangen? Von wem habt ihr das gelernt?»

«Von den Hyänen und den Affen. Die Hyänen waren die ersten, die wir gefüttert haben», erzählte Simon.

«Ihr habt Hyänen gefüttert?!», brauste der Vater auf. «Seid ihr eigentlich lebensmüde?»

«Oh, die tun uns nichts zuleide, die fressen uns aus der Hand. Und mit den Affen verstehen wir uns auch ganz gut.»

Die Begleiter waren sprachlos. Knecht Berhane war der erste, der die Sprache wieder fand. «Wenn ich das nicht mit eigenen Augen gesehen hätte, würde ich es nicht glauben.» Immer mehr Zebras und Giraffen versammelten sich um die Karawane.

«Papa, du sagst immer wieder, dass wir im Paradies sind. Glaub doch endlich, was du sagst!»

Man sah es den Männern an: Sie wären am liebsten noch lange im Paradies geblieben, doch die Zeit drängte. Wenn sie vor Anbruch des nächsten Sabbats in der Hölle sein wollten, mussten sie weiterziehen.

Weiter als bis in die Steppe waren Simon und Zafi als Hirten noch nie gekommen. Kaparnum und die Steppe lagen in der gleichen Klimazone. Kaparnum lag im Hochland, das Ziel der Reisenden jedoch, die Salzwüste, befand sich im ostafrikanischen Grabenbruch unterhalb des Meeresspiegels. Die Hitze wurde mit jedem Tag stärker. Aber noch gab es Bäume, dickstämmige Baobabbäume mit ausladenden Ästen, die aussahen wie ein gewaltiges beblättertes Wurzelwerk.

«Tolle Bäume, komische Äste», fanden die Jungs.

Menachem lachte: «Man sagt, dass der Teufel die Baobabbäume gepflanzt hat. Dumm, wie der Teufel nun einmal ist, hat er sie verkehrtherum eingepflanzt, mit den Wurzeln nach oben.»

«Warum haben wir keine derartigen Bäume?», fragte Zafi.

«Bei uns kann es zu gewissen Zeiten nachts kühl werden», erklärte Menachem, «das ertragen die Affenbrotbäume, wie sie auch genannt werden, nicht.»

«Sind die Baobab nützliche Bäume?», wollte Simon wissen.

«Sogar sehr nützlich», entgegnete der Vater, «sie speichern das Wasser, darum gibt es hier Gras, und die Früchte der Baobab sind essbar.»

Später bewegte sich die Karawane durch grosse Dornbuschfelder, Dornbüsche mit kurzen dicken Blättern, welche die Kamele trotz der Dornen genüsslich kauten. Onkel Ibrahim hiess die Jungs an den Blättern knabbern. Sie enthielten einen salzigen Saft. «In kleinen Mengen sind die Blätter auch für Menschen bekömmlich und können Leben retten. Kamele nehmen sogar Unmengen davon auf, ohne dass ihnen das Pflanzensalz schadet», erklärte der Onkel.

Am vierten Reisetag nahmen sie den Gestank von faulen Eiern wahr. «Dieser Gestank wird bis zur Salzwüste nicht aufhören», meinte Menachem bedauernd, «aber man gewöhnt sich daran.»

Und dann kam der Augenblick des Staunens. Vor ihren Augen öffnete sich die bizarrste Landschaft, die Simon und Zafi je gesehen hatten: schwefelbunte Felsformationen, die aussahen wie Riesen oder verwunschene Prinzessinnen, Ungeheuer, Türme und Burgen, dazwischen Erdreich, das brodelte wie heisser dicker Linsenbrei. Heisse Wasserfontänen, welche fauchend aus dem Erdboden schossen, wechselten sich ab mit giftig-grünen kleinen Schwefelseen, die umrahmt waren von Ufersand, der vom Schwefel rot und gelb gefärbt war. Sie kamen nur langsam voran. Oft mussten Menachem und Ibrahim mit Holzknüppeln auf den Boden klopfen, um zu hören, ob er trug oder ob man in die Hölle abstürzen würde.

Am sechsten Tag erblickten sie aus felsiger Höhe in der Tiefe einen riesigen weissen Spiegel, die Salzwüste. Am Fuss des Felsens erfreute ihr Auge ein kleiner See, in welchen aus den Felsen ein Bach sprudelte, der wohl unterirdisch aus weiter Ferne kam. Der See war umgeben von Dattelpalmen und Baobabbäumen, in deren Schatten sich ein paar palmblätterbedeckte Rundhütten duckten. Ausserhalb der Oase waren Unmengen von weissen, steinhart getrockneten Salzblöcken aufeinandergeschichtet, die darauf warteten, abtransportiert zu werden. Asarja, Jabes, Gadi und Ramalja eilten den Ankommenden freudig entgegen.

«Gelobt sei Gott, da seid ihr ja. Papa, meine Verehrung. Mensch, Simon, du bist gross geworden! Der junge Mann neben dir wird wohl Zafi sein. Ist alles wohlbestellt mit unseren Lieben im paradiesischen Kaparnum? Schält euch aus euren verschmutzten Schammas und stellt euch in die Gemüsebeete, damit wir euch mit Wasser übergiessen. Wir verwenden hier jeden Tropfen Wasser mehrfach, zur Reinigung des Körpers und gleichzeitig zur Bewässerung von Lauch, Zwiebeln, Bohnen und Linsen. Knechte werden die Kamele von ihren Lasten befreien und sie zu dem kleinen See führen. Auch um eure Schammas werden wir uns kümmern.»

Nach der kurzen Erfrischung eilten die Jungs in ihren frisch gewaschenen Schammas auf den Salzspiegel. An einigen Stellen war er trocken und steinhart, an anderen Stellen lag über dem Salz eine Wasserschicht, die ihnen bis zu den Knöcheln reichte. Dort, wo das Salz weich war, stachen Asarja, Jabes und die Knechte mit Schaufeln in die Masse, formten sie zu Blöcken und hoben sie aus der salzigen Muttermasse. Die Lücken füllten sich sogleich wieder mit Salzbrei, der schon nach wenigen Stunden wieder fest genug war, um aufs Neue bearbeitet zu werden.

In den Hütten war es angenehm kühl. Die Innenwände erstrahlten in gleissendem Weiss. Zafi fuhr prüfend mit dem angefeuchteten Finger über die Wand und kostete. Er nickte. «Das habe ich mir gedacht. Die Hütten sind aus Salzblöcken gebaut.»

«Die Aussenwände haben wir mit einer Mischung aus Kameldung und Stroh überschmiert», erklärte Gadi.

«Alle zwei, drei Jahre erreichen uns ein paar Tropfen Regen», ergänzte Ramalja. «Die Aussenwände der Hütten sind regenfest.»

«Was heisst das, ein paar Regentropfen erreichen uns?», wollte Simon wissen.

«Eigentlich regnet es jedes Jahr mehrmals», führte sein Bruder aus, «aber hier unten ist es so heiss, dass der Regen verdampft, bevor er uns erreicht.»

Vor den Hütten brodelte über einem Kameldungfeuer das Abendessen, das bei Sonnenuntergang bereit sein musste, weil am Sabbat weder Feuer gemacht noch gekocht werden durfte. Als die ersten Sterne am Himmel erschienen, sprachen Menachem und Ibrahim die Sabbatgebete. Dann liessen sie es sich schmecken. Beim Linsenbrei-Essen löschten sie den Durst, indem sie mit Strohalmen den berauschenden Brotsaft schlürften, den die Karawane in kleinen Mengen mitgebracht hatte – nur in kleinen Mengen, weil er in grosser Hitze nicht lange haltbar war.

Die Jungs zogen es vor, die Nacht nicht in den Salzhütten, sondern draussen bei den Kamelen zu verbringen. Nebeneinander liegend blickten sie andächtig in den Nachthimmel, in dem die Sterne mit den Feuerballen, die der Drachenmaulberg jenseits des Salzsees emporschiessen liess, um die Wette funkelten.

Über Nacht war das Kameldungfeuer erloschen. Nach dem Sabbatmorgen-Lobgesang wurden deshalb die Überreste des Linsenbreis an die Sonne gestellt, sodass sich alle, auch ohne Feuer zu machen, an einer warmen Mahlzeit stärken konnten. Papa, der Onkel und die Brüder hatten viele Neuigkeiten auszutauschen, während die beiden Jungs sich im Schatten der Palmen ihren mönchischen Übungen hingaben: einatmen, ausatmen; den Geist Gottes einatmen, die menschlichen Begierden ausatmen.

Als mit dem Untergang der Sonne der Sabbat zu Ende war, machten sie so viel weisses Gold bereit, wie die Kamele zu tragen vermochten. Gerne wären sie wie auf der Hinreise in der Nacht aufgebrochen, doch die Gegend war zu gefährlich. Ein falscher Tritt und unvorsichtige Reisende konnten im brüchigen Boden versinken. Aber sobald das Dämmerlicht des Morgens es erlaubte, beluden sie die Kamele und brachen auf. Sie wurden begleitet von Asarja und Jabes. Menachem gedachte, die beiden durch die grosse Wüste nach Kyrene mitzunehmen, um sie in die Tauschgeschäfte mit den Nordafrikanern und Römern einzuführen. Gadi und Ramalja blieben weiterhin in der Oase, um das Salzstechen zu überwachen.

Der Aufenthalt in der Schwefel- und Salzwüste war für die Jungs ein unvergessliches Erlebnis gewesen. Doch wenn Vater Menachem gehofft hatte, seinen Sohn für den Salzhandel gewonnen zu haben, so musste er feststellen, dass er sich getäuscht hatte. Die Jungs sprachen über ihr künftiges Leben als Mönche. Für Zafi war die Zeit gekommen, seinen Übertritt zu den Beta Israel in die Tat umzusetzen. Er wusste, dass weder sein Vater noch die Mütter etwas dagegen haben würden. Nur die Beschneidung machte ihm etwas Kummer. «Mein Grossvater ist ein guter Arzt», tröstete Simon den Freund, «er wird das gut und fast schmerzlos machen. Er wird dich mit einer Mischung aus Bierwasser und Hanf ein bisschen betäuben.»

«Ich will aber gar nicht betäubt werden», entgegnete Zafi. «Ich weiss seit meinen Erlebnissen mit Frauen aus eigener Erfahrung, dass Männer mehr an die Fleischeslust als an Gott denken. Deshalb hat Gott beschlossen, dass dieser Körperteil des Mannes durch die Beschneidung Gott geweiht werden soll. Und wenn es dann so richtig weh tut, ist das gleichzeitig die Beschneidung des Herzens, die ich mir so sehnsüchtig wünsche.»

Gegen diese Erklärung hatte Simon nicht das Geringste einzuwenden. Sie leuchtete ihm ein. Auch er ertappte sich bereits dabei, dass er Mädchen nicht mehr mit derselben Unschuld betrachtete wie zuvor. Er war dankbar für den Rat von Mönch Henoch, den reissenden Löwen, der in den Männern schlummerte, nicht zu wecken.

Es lebe Jonathan

Die Beta Israel nahmen aus Liebe zu ihren amharischen Nachbarn an deren Festen teil und umgekehrt. Hätten die Amharen einen starken Götterglauben gehabt, wäre das vielleicht ein Problem gewesen, aber zwar kannten sie durchaus so etwas wie Götter, doch spielten diese in ihrem Leben keine Rolle. Götter hatten die Welt erschaffen, doch das war's dann auch schon. Sie mischten sich nicht ein in das Schicksal der Menschen. Wichtiger als die Götter waren für die Amharen die Ahnengeister. Von liebevollen Angehörigen wurde man auch nach deren Tod umsorgt und reichlich beschenkt, so war es ein natürliches Bedürfnis, ihnen zu danken. Bösartige Grossväter, Grossmütter, Onkel und Tanten dagegen, die schon zu Lebzeiten eine Qual gewesen waren, fuhren mit ihrer Bosheit auch nach dem Tod weiter, ausser es gelang, sie durch Opfer günstig zu stimmen. Wenn eine Tochter heiratete, war das für die Ahnen ein schwerer Verlust. Für sie war die Tochter gestorben, denn durch die Heirat gehörte sie nun in die Ahnenreihe ihres Ehemannes. Das stimmte die guten Erstahnen traurig, die bösen machte es wütend. Es war deshalb wichtig, Trauer und Wut mit den Ahnengeistern zu teilen. Am Vorabend des Auszugs einer Tochter aus dem Haus von Vater und Mutter musste ein Trauer- und Wutritual gefeiert werden. Die Amharen weinten und heulten mit den guten Ahnengeistern um die Wette und im Namen der bösen Geister zerschmetterten sie unter Wutgeschrei Töpfe. Einige konnten derart wunderbar wüten, toben und auf den Topfscherben herumstampfen, dass es Beherrschung brauchte, um nicht laut herauszulachen. Gelächter und Fröhlichkeit ertrugen die bösen Geister jedoch gar nicht, die Wut musste echt wirken. Da auch böse Geister gerne gut essen, gab es beim Abschied der Braut einen herrlichen Leichenschmaus und am kommenden Tag ein ebenso köstliches Begrüssungsmahl. Für die Amharen wurde leckeres Schweinefleisch aufgetragen, für die Beta-Israel-Gäste bat man einen jüdischen Mann, die zu bratenden Schafe mit entsprechendem Ritual zu schlachten, ansonsten die an den Gott Israels Gläubigen nicht am Essen teilnehmen konnten.

Der Lausbub Simon hatte vor Jahren beim Hochzeitsleichenschmaus von Zafis Schwester Lia insgeheim vom Schweinefleisch der Amharen genascht. Es hatte ihm zwar geschmeckt, doch er würde es nie wieder tun. Wochenlang hatte er unter Todesangst gelitten und darauf gewartet, dass Gott ihn strafen würde. Als nichts geschah, das er als Strafe hätte auslegen können, war er im Papyrusboot im See draussen mitten in die kleinen Ohren hineingefahren, um sich der gerechten Strafe hinzugeben, doch die Flusspferde hatten sich nicht für ihn interessiert. War es Gott eigentlich egal, wer was ass? Oder hatte vielleicht der Allmächtige gerade etwas anderes zu tun gehabt als darauf zu achten, was ein kleiner Junge naschte?

Ein Trauer- und Wutritual wurde auch dann gefeiert, wenn ein Amhare zu den Beta Israel übertrat, denn ein Amhare, der den Glauben wechselte, war für die Ahnen ebenfalls tot. Er gehörte jetzt in den Bereich Gottes. Zafis Vater Uluzu sowie seine leibliche Mutter Pusula hatten ihrem Sohn erlaubt, den Glauben der Beta Israel anzunehmen. Am liebsten wären sie selber übergetreten, doch Mitglied der Beta Israel konnte nur ein monogam lebender Mann werden. Der Kahen hatte bedauernd mit den Achseln gezuckt. Ihm war an und für sich klar, dass die Vorfahren der Beta Israel selbst polygam gelebt hatten – Jakob mit Lea und Rahel, Elkana, der Vater des Sehers Samuel, mit den Frauen Hanna und Peninna, ganz zu schweigen von Salomo mit seinem Harem. Allerdings waren dem grossen König gerade diese vielen Frauen zum Verhängnis geworden und die Spannungen zwischen der mit Kindern gesegneten Peninna und der ursprünglich kinderlosen Hanna waren geradezu sprichwörtlich. Ein Mann mit nur einer Frau war besser, fand der Kahen, aber es sollte doch möglich sein, Ausnahmen zu machen. Schliesslich konnte man von einem Übertrittswilligen doch nicht verlangen, Frauen, für die er immerhin zu sorgen versprochen hatte, fortzuschicken. Der Kahen seufzte; er liebte Zafis Angehörige.

Zafi selber hatte mit dem Übertritt eine Weile gezögert, weil er beim Studium der Thora auf die Geschichte mit Onan gestossen war, der anstatt mit seiner Frau ein Kind zu zeugen, den Samen ausserhalb des weiblichen Leibes abgespritzt hatte. «Was geschieht, wenn man ein Gebot wissentlich missachtet?», fragte er seinen Freund.

«Warum fragst du?», wollte dieser wissen. «Hast du die Absicht, weiterhin Schweinefleisch zu essen?»

«Es ist nicht das Schweinefleisch», seufzte Zafi, «aber seit ich ein Mann bin, spritze ich manchmal ganz allein ab und denke dabei an etwas Schönes.» Da war sie also wieder, die Sache mit dem Löwen, den man lieber nicht wecken sollte.

Wie konnte Simon seinem Freund, den er liebte und schätzte, helfen? Er dachte angestrengt nach. «Noch bist du ja nicht im Kloster», meinte er dann. «Im Kloster solltest du dich an den Rat von Bruder Henoch halten, aber hier und jetzt, nachdem der Löwe nun einmal erwacht ist ... Weisst du was», sagte er schliesslich, «wenn dich auf der Bootsfahrt ein Flusspferd angreift, dann darfst du es ruhig bespritzen, aber du solltest nicht absichtlich in die aus dem Wasser ragenden Spitzohren hineinpaddeln.»

«Du meinst, ich soll meine Gedanken möglichst rein halten», erwiderte Zafi erleichtert, «und nicht absichtlich die schönen lustvollen Gedanken pflegen. – Und wenn ich der Not gehorchend abspritze, wird mich der Erdboden nicht verschlingen?»

«Bestimmt nicht», meinte Simon zuversichtlich, «mich jedenfalls hat der Erdboden nicht verschlungen, als ich Schweinefleisch ass. Aber tun werde ich es nie wieder.»

Nach diesem hilfreichen Gespräch legten die beiden Freunde sich zu ihrer Mönchsübung auf den Boden: einatmen, ausatmen, Gott einatmen, die Begierden ausatmen. Simon war froh, dass er dem

Freund mit seinem Rat und der Mönchsmeditation hatte helfen können. Ihm selber hatte die Übung zum ersten Mal jedoch gar nicht gutgetan. Was für einen Lustgeist hatte er da heute eingeatmet? Zwischen den Beinen war es auf einmal hart und gross geworden. War das der Löwe, der erwachte? In der Nacht musste es wohl eher das Flusspferd gewesen sein, denn am Morgen war er klebrig und feucht. Den wunderbaren Traum, den er gehabt hatte, erzählte er niemandem, nicht einmal seinem Freund.

Und dann war es endlich so weit. In dem grossen Kuhfladenrundbau der Mesgid versammelten sich die Beta Israel und die Amharen zur Beschneidung von Zafi, der in wenigen Augenblicken Jonathan heissen sollte. Simons Grossvater hiess den jungen Mann in langsamen Schlucken einen grossen Becher schmerzlindernder Mohnsamenarznei leertrinken. Die Versammlung sang Loblieder. Nach dem Trunk forderte der Kahen Zafi auf, das Glaubensbekenntnis zu beten. Ruhig und gefasst sprach dieser die Worte in schönstem heiligem Ge'ez:

Höre, Israel, der Herr, unser Gott ist ein Herr.
Und du sollst den Herrn, deinen Gott, lieben
von ganzem Herzen, von ganzer Seele
und mit aller deiner Kraft.
Das verspreche ich, so wahr mir Gott helfe.

Mit einem *Amen, so sei es* legte Zafi sich auf den für die Beschneidung vorgesehenen Tisch. Die Gruppe der Ältesten umgab den Liegenden, um ihn vor den Blicken der Versammlung zu schützen. Der Grossvater nahm sein scharfes römisches Messer in die Hand. Als Zeichen, dass es für den Eingriff geeignet war, fuhr er demonstrativ mit dem Daumen über die Klinge. Blut quoll heraus. Er hielt das Messer über eine Öllampenflamme und schritt durch die Gruppe der Ältesten. Während des Eingriffs predigte der Kahen in der amharischen Alltagssprache wortgewandt über die Beschneidung des Glaubensvaters Abraham. Er hielt erst inne, als der Grossvater mit blutigem Messer wieder sichtbar wurde, gefolgt von Jonathan mit zittrigen Schritten, sein wallendes

Schammagewand in der Region des Schritts blutgetränkt, in der Hand die abgeschnittene Vorhaut triumphierend schwenkend. Das Volk brach in Jubel aus. Simon eilte zu seinem Freund und stützte ihn. Die Menge hingegen ging auf Abstand zu den beiden, wohl wissend, dass jeder Stoss im Gedränge den Beschnittenen schmerzen würde. Vor der Mesgid war bereits eine kleine Grube ausgehoben worden. Jonathan warf die Vorhaut in die Grube, schaufelte Erde darüber und sprach feierlich die Worte: «Da liegt Zafi.»

Die Versammlung antwortete mit: «Es lebe Jonathan.»

Erschöpft legte der Beschnittene sich auf das bereitstehende Bett im Schatten einer Palme. Das Volk liess sich nieder und begann zu essen und zu trinken.

Simon setzte sich neben das Bett des Freundes und meinte: «Ich werde dich nach wie vor Zafi nennen.»

Der Beschnittene lächelte und sagte vergnügt: «So oft du mich Jonathan nennst, werde ich dich David nennen.» Es war nicht nur ein neuer Beta Israel beschnitten, sondern auch eine alte Freundschaft besiegelt worden.

Der Pakt mit den Hyänen

Bei der Erschaffung der Erde hatten die Götter das Paradies rings um die Wasserfälle des blauen Stroms und des grossen Sees den Hyänen als Jagdgebiet zugewiesen. Als die Menschen sich mehr und mehr ausbreiteten und in der paradiesischen Gegend Siedlungen errichteten, wurde das Gebiet der Hyänen stark eingeengt. Wo einst Zebras geäst hatten, wogten auf einmal Kornfelder, die als Nahrung für die Hyänen nicht infrage kamen. Das erregte den Zorn der Tiere, die wie grosse hässliche Hunde aussahen, ausgerüstet mit einem Gebiss, das selbst die starken Knochen eines toten Elefanten ohne weiteres zu knacken vermochte. Zuerst tauchten die Hyänen nur nachts in den Siedlungen auf. Sie machten sich über Schweine, Schafe, Ziegen, Rinder und sogar Kamele her. Als die Menschen diese daraufhin besonders schützten, wurden die nachtaktiven Tiere zu Tagräubern. Sie fielen nicht nur über die sich zwischen den Rundhütten fröhlich im Sand wälzenden Schweine her, sondern griffen auch unbewaffnete Menschen an, vor allem Frauen und Kinder. Den Siedlern blieb nichts anderes übrig, als die gefährlichen garstigen Tiere zu bejagen. Es war für beide Seiten ein Kampf auf Leben und Tod. Diesem gegenseitigen Morden gedachten die Ahnengeister – sowohl diejenigen der Menschen als auch diejenigen der Hyänen – ein Ende zu setzen. Durch die Vermittlung der Geister trafen sich der König der Hyänen und sein Gefolge mit den Häuptlingen der Siedlungen und ihren Bewohnern. Es wurden folgende Beschlüsse gefasst:

– Die Siedler verpflichten sich, für den Lebensunterhalt der Hyänen zu sorgen.

– Die Hyänen ziehen sich aus den Siedlungen zurück und greifen weder Menschen noch Herdentiere an.

– Die Bewohner der Siedlungen entwickeln ein Datensystem mit Ausgangspunkt Vollmond. Dreissig bzw. einunddreissig Tage lang ist jede Nacht immer eine andere Dorfgemeinschaft für die Speisung der Hyänen zuständig. Sie opfern den Hyänen bei Einbruch der Nacht abwechslungsweise ein Schwein, ein Rind, ein Schaf, eine Ziege und einmal im Jahr sogar ein Kamel.

– Die Hyänen stellen den Menschen ihre prophetische Vision zur Verfügung: Nebst dem von den Hyänen abzuholenden Opfertier bieten die Siedler den Hyänen eine Schüssel mit Weizenbrei an. Wenn die Hyänen den Brei nicht anrühren, sind gute Ernten zu erwarten. Wenn sie dagegen den für sie widerlichen Brei auffressen, droht eine Hungersnot.

Der Pakt mit den Hyänen war Jahrhunderte vor der Zuwanderung der Beta Israel geschlossen worden. Kaparnum hatte damals noch Bahir Dar geheissen und der Genezesee Tanasee, doch der Pakt hatte immer noch Gültigkeit. Er wurde nicht nur gehalten, sondern gefeiert. Am Tag drei nach Vollmond war jeweils Kaparnum an der Reihe. Die jungen amharischen Frauen und Männer zogen als Hyänen verkleidet und unter grausigem Hyänengelächter mit ihrem König durch das von Mond und Sternen in sanftes Licht getauchte Dorf. Der Hyänenmann, der am eindrücklichsten lachen konnte, wurde zum König für die nächste Hyänenzusammenkunft erkoren. Die älteren Dorfbewohner spielten die Rolle der Menschen. Der Dorfälteste rezitierte in einem Singsang die Vertragsbestimmungen und als Priester nahm er hierauf die Schlachtung des Opfertieres vor. Die jungen Männer und Frauen mit Hyänenmasken und die Menschen begossen den Pakt reichlich mit berauschendem Brotsud, zu dessen Herstellung ein ganzer Monat nötig war. Dazu wurde vor dem Fest in grossen Trögen Brot mit Honigwasser übergossen. Mit nackten Füssen stampften Jünglinge Brot und Honigwasser zu einer Maische, die tagelang gärte. In der Hyänennacht war für die amharische Jugend alles erlaubt. Die durch den Brotsud stimulierten Hyänenmännchen paarten sich in aller Öffentlichkeit mit den durch den Sud paarungswillig gewordenen Hyänenweibchen. Wurde ein Hyänenweibchen schwanger, war das der Beweis seiner

Fruchtbarkeit und für die Eltern das Zeichen, für die Tochter einen Mann auszuwählen, sei es der Vater des Kindes oder ein anderer. Hyänenweibchen, welche nie schwanger wurden, endeten als ledige Tanten, die überall dort einspringen mussten, wo Hilfe nötig war. Die Beta Israel nahmen offiziell nur am ersten Teil des Hyänenfestes teil. Mitglieder der Beta Israel durften sich zwar ohne weiteres an den Verlesungen der Paktbestimmungen beteiligen, die Beta-Israel-Jugend wurde vom Kahen jedoch angehalten, sich beim zweiten Teil des Hyänenfests in die Hütten zurückzuziehen, bevor die wilden Paarungen einsetzten. Die Beta-Israel-Eltern sorgten dafür, dass zumindest die Töchter vor dem freien Treiben der Jungen bewahrt wurden und zu Hause blieben. Bei den Burschen drückte man eher ein Auge zu, wenn sie an den Orgien der Amharen teilnahmen. Irgendeinmal musste die jungen Männer schliesslich lernen, wie Kinder gezeugt wurden. Berauscht und müde legten sich zu später Stunde endlich auch die gepaarten Hyänenspielerinnen und -spieler zur Ruhe und gaben den Weg frei für die richtigen Hyänen, welche genau wussten, in welchem Dorf sie erwartet wurden. Die echten Hyänen bemächtigten sich des Opfertieres unter dankbarem Gelächter und schleppten es in die Bergwälder in ihre Höhlen. Gerüchten zufolge sollte es Burschen geben, welche später die schützenden Hütten wieder verliessen und sich zu den Hyänen gesellten. Doch da solches mit Lebensgefahr verbunden war, schenkte man diesen Gerüchten keinen Glauben.

Selbst denjenigen Beta-Israel-Hyänen-Burschen, die sich sittenstreng rechtzeitig in die Kuhfladenhütten zurückgezogen hatten, war immer bewusst, was draussen vor sich ging. Sie wälzten sich auf ihren Lagern unruhig hin und her oder legten selber Hand an. Der Fast-Mönch Simon schob innerlich kämpfend bis zum Einschlafen keusch die Hände unter den Kopf, um sie nicht an anderen Stellen herumwandern zu lassen. Gleichzeitig wehrte er sich jedoch gegen das Einschlafen, denn in solchen Nächten wiederholte sich immer derselbe furchtbare Traum: Reissende Löwen fielen mit Gebrüll über ihn her. Er war jeweils froh, wenn es nach dem wilden Treiben leise klopfte und Zafi vor der Tür stand. Umgekehrt war aber auch er schon durch das Dorf geschlichen und hatte seinen Freund geweckt. Wer es gewagt hätte, in der Zeit der richtigen Hyänen die Tür zu öffnen und herauszuschauen, hätte nie mit Sicherheit sagen können, ob die herumhuschenden Schatten Zwei- oder Vierbeiner waren.

Der Dank der Hyänen

Eine der folgenreichsten Hyänennächte brach in Abwesenheit von Zafi über Simon herein. Der Beta-Israel-Jüngling wusste, dass sein Freund mit seinem Vater unterwegs war. Er war zwar nach dem wilden Treiben der Dorfjugend wie gewohnt aus dem Haus geschlichen zu seinen Freunden, den richtigen Hyänen, doch anschliessend war er tatsächlich eingeschlafen und prompt von den Traumlöwen angegriffen worden. Als er am Morgen schweissgebadet erwachte, hätte er als David einen älteren Jonathan nötig gehabt. Sollte er zu dem weisen Mönch Henoch hinüberrudern? Nein, er brauchte eine Musik, welche das Gebrüll der Löwen, das in seinem Kopf und Herzen immer noch als grausame Erinnerung hörbar war, übertönte. Er würde dort, wo das Wasser kochte und schäumte, weil der grosse blaue Strom in die Schlucht hinabdonnerte, schwimmen gehen. In dem brodelnden Kessel hielten sich weder Flusspferde noch Krokodile noch die winzigen Blutsauger auf, die in den Körper hineinkrochen und Krankheit und Tod brachten. Und das Getöse und Gewoge entsprach seinem seelischen Zustand. Er machte sich auf den Weg. Der mit jedem Schritt zunehmende Lärm tat ihm wohl. An seiner Lieblingsstelle angelangt, zog er seine Schamma aus und legte sich nackt auf den Rücken in das Gebrodel, mit leichten Armbewegungen dafür sorgend, dass die Strömung ihn weder zu nah an das herabstürzende Wasser noch Richtung See trieb. Den Blick in den Himmel gerichtet hielt er Zwiesprache mit dem Herrn über Himmel und Erde und Wasserfälle und alles Leben. Beim Herumtreiben auf dem Wasser verwandelte sich der Himmel in ein blaues Auge. Simon hatte noch nie Menschen mit blauen Augen gesehen. Doch Gott war kein Mensch. Hatte Gott blaue Augen? Je länger er sich schaukeln liess, desto gütiger wurde er von dem blauen Auge angeblickt. Er wurde ruhig. Als er sich auf die Brust drehte, sah er das Ufer. Und dort stand Ziniero. Ziniero hatte eine lange weisse Mähne, welche über seinen braunen felligen Körper herabfiel. Seine unbehaarte nackte Brust war feuerrot. Ziniero hatte die Grösse eines dreijährigen Kindes und einen Schwanz in der Länge seines Körpers. Er war Simons bevorzugter Freund unter den Felsenaffen. Ohne das Tosen des Wasserfalls hätte Simon hören können, dass Ziniero auf seine rote Brust schlug wie auf eine Trommel. Normalerweise trommelten die Felsenaffen, um den Weibchen Eindruck zu machen, doch ein solches war weit und breit nicht zu entdecken. Der Trommelwirbel, den der Schwimmer mehr sah als hörte, musste also bedeuten, dass er dem Affen augenblicklich zu folgen hatte. Bereits Salomo hatte die Sprache der Tiere verstanden und auch Zafi und Simon hatten in dieser Beziehung schon vieles gelernt. Sie verstanden von Jahr zu Jahr besser, was Giraffen, Zebras, Affen und Hyänen ihnen zu sagen versuchten. Angefangen hatte das Verstehen der Tiersprache mit den Hyänen. Eines Tages war Simon aufgefallen, dass das unheimliche Lachen der Hyänen eine Liebesbezeugung war und bedeutete: «Ich unterwerfe mich dir.» Zafi und er durften sich bei der Hyänenfütterung immer sehr viel Gelächter anhören; sie waren als Hyänenführer akzeptiert.

Als Urkind des Tierflüsterers Salomo verstand Simon also Zinieros Trommelsprache. Nass und nackt folgte er Ziniero, so schnell er es vermochte, über Stock und Stein in den Zedernwald. Endlich blieb der Affe stehen und zeigte auf eine der Zedern. Und nun hörte Simon trotz der Nähe des Wasserfalls die Hilferufe. Auf dem Baum sass völlig verängstigt die schöne Merella, die dritte Frau des alten Fischers und Bauern Zubidu. Der alte Mann hatte seine frühere dritte Frau verloren, aber da er drei Felder zu bestellen hatte, brauchte er für die dritte Hütte eine kräftige neue Frau. Merella stammte aus dem Dorf von der anderen Seite des Sees; Zubidu hatte sie zum Preis von zwei Rindern erstanden.

Merella schrie um ihr Leben. Am Zedernstamm hatte sich Nigusi, der König der Hyänen, drohend aufgerichtet. Simon nahm auch einen Korb mit Pilzen wahr. Er erfasste die Lage augenblicklich: Merella war beim Pilzesammeln von Nigusi angefallen worden und hatte sich auf den Baum gerettet. Hyänen können mit weiten

Sätzen von Fels zu Fels springen, aber sie können nicht auf Bäume klettern. Das hatte Merella fürs erste gerettet – doch warum hatte Nigusi die Frau überhaupt angefallen? Bezog der Pakt sich nur auf das Dorf? War er im Wald nicht gültig? War nun auch er in Gefahr? Doch Nigusi liesss ein beruhigendes Hyänengelächter erschallen. Der König der Hyänen war dem höheren König Simon untertan. Es brauchte schon gute Kenntnisse der Hyänensprache, um das grausige Lachen als liebevoll zu deuten, doch es war eine noch tiefere Kenntnis nötig, um das heimtückische Blitzen der Augen als dankbar und schalkhaft zu verstehen. Simon machte seinem Urvater Salomo alle Ehre, indem er erkannte, dass Nigusis Angriff ein wohlwollender war. Der König der Hyänen lachte noch einmal schalkhaft, bevor er fröhlich hinter den Balsambüschen verschwand. Merella wagte zaghaft den Abstieg, ängstlich den Blick auf die Balsamsträucher gerichtet, hinter denen die gefährliche Bestie sich möglicherweise versteckt hielt. Beim untersten Ast streckte Simon ihr die Hand entgegen. Die Frau sank in seine Arme. Er spürte, wie sie am ganzen Leib zitterte. Sanft fuhr er ihr durch das krause Haar, auf dem der schöne Kopfschmuck auf der Flucht verloren gegangen war.

«Ich war beim Pilzesuchen, als dieses hässliche Ungeheuer sich mir in den Weg stellte», erzählte Merella mit bebenden Lippen. «Nein, es hat sich nicht auf mich gestürzt», beantwortete sie Simons Frage, «aber es blieb mir nur ein einziger Fluchtweg offen. Sobald ich zur Linken oder zur Rechten zu fliehen versuchte, stellte die Bestie sich mir entgegen. Sie drängte mich an diesen Baum und hier würde sie mich wohl zerfleischt haben, wenn ich nicht hinaufgeklettert wäre.»

Während die schöne Frau sich in den Armen ihres Retters den erlittenen Schreck von der Seele sprach, hörte ihr Zittern auf. Nun war es Simon, der zu zittern und zu beben anfing. Es war ihm auf einmal bewusst geworden, dass er völlig nackt war und eine begehrenswerte Frau an sich gedrückt hielt. Er fühlte, wie sich zwischen den Beinen das Leben bemerkbar machte.

Merella war nicht nur eine begehrenswerte, sondern auch eine sehr erfahrene Frau. Sie hatte ihrem betagten Ehemann zwar keine Kinder geschenkt, ihm aber viel Freude bereitet und ihn nie mit Verachtung behandelt, weil er als Greis nicht das zu leisten vermochte, was einer Frau Spass machte. Sie wusste, was es für Zubidu bedeutete, wenn sie ihm den faltigen Po knetete. Und jetzt, nach dem überstandenen Schrecken, begleitet von der Musik des Wasserfalls, knetete sie mit Lust die zwei straffen Hügel des Jünglings. Mit liebkosenden Fingern streichelte sie das Höhlchen im Zwischental. Als sie anstatt des vertrauten schlaffen Zipfels einen ehrfurchtgebietenden Hirtenstab mit der Hand zärtlich umschloss, war es um Simon geschehen. Er wurde aktiv. Er griff in das wallende Frauengewand und zog Merella das mit schönen Borten verzierte Natalakleid erregt über Schultern und Kopf. Nackt, wie sie nun beide waren, sanken sie in das weiche Moos. Simon nahm einen betörenden Duft wahr. War es der Duft des Balsamstrauchs oder der Duft der begehrenswerten Frau? Er barg seinen Kopf an Merellas Brust. Ihre Worte machten ihn wahnsinnig. «Guter Junge, du weisst, wo du schon als Kleinkind genibbelt hast. Das machst du gut.» Kopf und Zunge fanden ihren Weg auch zu anderen Körperstellen. «Gut so, Junge, Männer vergessen nie das Paradies, aus dem sie bei der Geburt ausgestossen werden. Recht so, mein Liebling, tritt ein in meinen Garten und geniesse die verbotene Frucht.» Obschon Merella eine Amharin war, kannte sie die Geschichten der Schrift sehr wohl; sie wusste, wie man einen Fast-Mönch mit Worten liebestoll machen konnte. «Jetzt steht nicht mehr der Engel mit dem Schwert vor der Pforte», flüsterte sie, «jetzt hältst du das Schwert. Stoss zu!». Und Simon stiess zu, einmal, zweimal, dreimal, immer wieder, bis er fühlte, wie seine Ladung in das Innere der faszinierenden Frau schoss. «Gut gemacht, Junge», wisperte das wunderbare Wesen noch immer in enger Umarmung, «gut gemacht für das erste Mal.» Dann schwiegen beide ganz lange, ohne einander loszulassen.

Es war Simon, der schliesslich die magische Stille durchbrach mit der Frage: «Was machen wir, wenn du schwanger wirst?» Merella legte ihm Schweigen gebietend den Finger auf den Mund. «Das wäre wunderbar! Bete zu deinem Gott, dass ich schwanger werde, und ich werde zu meinen Ahnen beten. Ich will endlich Mutter werden.»

«Aber dein Mann?»

«Er wird sich freuen. Ihm wird klar sein, dass es nicht sein Kind ist. Er kann kein Kind mehr zeugen. Das ist für einen Mann schlimm. Er gilt dann bei den anderen Männern nicht mehr als richtiger Mann, er wird verachtet. Sie haben bereits angefangen, über Zubidu zu lachen. Wenn ich dagegen einem Kind das Leben schenke, werden sie ihn bewundern und sagen: 'Wer hätte das gedacht! Der Alte ist ja immer noch voller Saft und Kraft!' Zubidu wird sehr stolz sein; er wird sich wieder als Mann fühlen. Aber ...» Wieder legte sie ihm den Finger auf den Mund. «Du musst das Geheimnis bewahren.»

Simon war ein Mann geworden – und trotzdem ein Kind geblieben. In kindlicher Einfalt betete er zu Gott, dass Merella schwanger werde. Er wusste, dass sie ihrerseits diesen Wunsch bei den Ahnen vorbrachte. Und der Jüngling hielt Wort: Er teilte das Geheimnis, das ihn mit Merella verband, mit keinem anderen Menschen – ausser mit Zafi. Doch Zafi war kein anderer Mensch, Zafi war sein Jonathan. Bald einmal konnte er feststellen, dass Gott oder die Ahnen oder beide die Gebete erhört hatten. Merella war gesegneten Leibes. Ihr betagter Gatte wagte sich wieder in die Trinkhütte unter die Männer.

Seit seiner Mann-Werdung verband den Fast-Mönch eine tiefe Freundschaft mit Nigusi. Oft sassen die beiden, mit oder ohne Zafi, in ein stummes Gespräch vertieft, vor der Höhle des Hyänenkönigs, die sich hinter den Balsambüschen bei Simons und Merellas Liebeszeder befand. In den stummen Gesprächen mit Nigusi lernte Simon sehr viel über Gott und Menschen. Der einzige laute Gesprächspartner war dabei der Fluss.

48

Die heilige Stadt Aksum

Nach Simons und Zafis Auffassung gab es zwei mächtige Reiche, welche die Welt beherrschten. Das eine war das aksumische Reich, das von der Ostküste Afrikas bis an die grosse Wüste reichte, das andere war das römische Reich jenseits der grossen Wüste, das nicht nur ganz Nordafrika umfasste, sondern seinen Anfang jenseits des grossen Wassers genommen hatte und dieses nun vollständig umschloss. Die Römer nannten das umschlossene Wasser stolz *Mare Nostrum*, unser Meer. Dass es nebst diesen beiden mächtigen Reichen noch weitere Reiche gab, wussten Simon und Zafi von den Karawanen, welche Waren aus diesen fernen Reichen ins Land trugen. Irgendwo gab es etwas wie Indien und noch weiter entfernt das Land der tausend Inseln – doch die Welt wurde eindeutig beherrscht vom aksumischen und vom römischen Reich. Ihr eigenes aksumisches Reich war selbstverständlich grösser und mächtiger als das römische Reich, davon waren Simon und Zafi überzeugt. Ohne das Salz aus dem aksumischen Reich, für dessen Handel Simons Familie seit Generationen zuständig war, würden die Römer nie überlebt haben. Um zu überleben, brauchten die Menschen schliesslich Salz, und Salz gab es nur in der aksumischen Salzwüste. Auch davon waren die beiden Freunde überzeugt. Menachem lieferte Salz nach zwei Richtungen: Er lieferte Salz an die Küste des roten Meeres, von wo es weiter in die vielen unbekannten Länder getragen wurde, und er lieferte Salz in Richtung *Mare Nostrum*, in eine Stadt, die Kyrene hiess. Zum römischen Reich gehörte auch die heilige Stadt Jerusalem – heilig, weil sich dort der Tempel, das Haus Gottes, befand, wenn auch ohne die Herrlichkeit Gottes. Die Herrlichkeit Gottes war an die Bundeslade gebunden und diese hatte ihren Sitz in Aksum, darum war Aksum die eigentliche heilige Stadt.

Menachem hatte seinen Söhnen und Töchtern von wunderbaren Gebäuden in Kyrene erzählt, welche ihre eigenen runden Kuhfladenhütten schäbig erscheinen liessen. In der Hauptstadt

Rom jenseits des *Mare Nostrum* sollten die Paläste sogar noch erhabener sein als diejenigen von Kyrene, doch selbstverständlich würden die Paläste in Aksum selbst die römischen Paläste übertreffen, schliesslich waren diese von den Nachkommen des weisesten aller Könige errichtet worden. Pilger in Aksum schwärmten von der Pracht des Palastes der Königin von Saba, der Geliebten Salomos. In ihrem Palast wohnten ihre Nachkommen, die Könige des aksumischen Grossreichs.

Die Reise in die heilige Stadt Aksum war zu beschwerlich, als dass jede Beta-Israel-Familie aus dem Grossreich regelmässig zum Passah hätte dorthin pilgern können. Simon war erst dreimal in der Königsstadt gewesen. Er war es jedoch seinem Jonathan gewordenen Freund schuldig, mit ihm die Pilgerreise in die heilige Stadt zu unternehmen.

Die beiden jungen Männer waren in dem Beta-Israel-Kloster, das Bruder Henoch ihnen empfohlen hatte, freundlich empfangen worden. Dort durfte Simon seinen Freund nicht Zafi nennen. Jonathan war erstaunt, dass das Passahlamm im Kloster geschlachtet wurde und nicht in der majestätischen Mesgid, in der sich die Bundeslade befand. «Schlachtopfer dürfen nur in den Familien oder im Tempel in Jerusalem dargebracht werden», erklärte Simon seinem Freund. «Schliesslich sagen wir bei jeder Schlachtung: 'Nächstes Jahr in Jerusalem!'»

Die Prachtsmesgid von Aksum war weder rund noch aus Kuhfladen, sondern riesengross, eckig und aus braunroten Steinen gebaut. Die Gesänge von hunderten von Pilgern, begleitet von vielen Musikinstrumenten, berührten das Herz der beiden jungen Männer. Der betagte König Menelik XV. persönlich las die heiligen Texte. Der König hatte einen Sohn und eine Tochter. Nur Tochter Kandaze hatte ihren Vater in die Mesgid begleitet. Es wurde gemunkelt, dass Sohn Abuznegus mütterlicherseits gar nicht salomonisches Blut hatte und sich eher an die nichtjüdische Religion der Ahnen und Göttinnen halte, zu der auch Jonathan gehört hatte. Prinz Abuznegus sahen sie wenige Tage nach dem

Passah bei einer Ahnenfeier vor einer der hohen Stelen, von denen es in Aksum nur so wimmelte. Aksum war auch für die Amharen eine heilige Stadt. Die Stelen, die so hoch waren, dass sie die Wolken zu berühren schienen, waren die Hochhäuser der Verstorbenen. Sie waren durchsetzt mit eingeritzten Darstellungen von Türen und Fenstern. Als Ahnen verkleidete Priester traten aus den Stelenhäusern und nahmen die Huldigungen der Amharen entgegen. Sie assen von den Speisen, die man ihnen darbrachte und versprachen Regen und Fruchtbarkeit.

In der grossen wunderbaren Mesgid schlossen Simon und Jonathan sich dem Strom der Gläubigen an, welche die goldene Tür küssten, hinter der sich die Bundeslade mit den von Gott persönlich auf zwei Steintafeln geschriebenen zehn Geboten befand. Ein Mönch, Wächter auf Lebenszeit, sorgte dafür, dass niemand das heilige Tor öffnete. Die Bundeslade sei so heilig, erklärte er, dass jeder, der ihr zu nah kam, vom Glanz Gottes erschlagen würde. Einzig der Mönch-Wächter durfte sie berühren. Um sich nicht mit der bösen Aussenwelt zu beflecken, war es keinem, der für dieses Wächteramt bestimmt war, gestattet, die Mesgid zu verlassen. Er musste für den Rest des Lebens bei besagter heiliger Tür verharren.

Wieder zurück im Beta-Israel-Kloster von Aksum durften Simon und Jonathan als angehende Mönche bei den Gesängen und Gebeten der Brüder mitbeten und mitsingen. Es fiel ihnen auf, dass Gott mit vielen Wiederholungen um ein langes Leben für König Menelik angefleht wurde. Auf ihre Frage, warum die Gebete für den betagten König so wichtig seien, teilte man ihnen unter dem Siegel der Verschwiegenheit mit, dass man unter seinem mutmasslichen Nachfolger Abuznegus als Beta Israel mit Benachteiligungen zu rechnen habe. Am liebsten würden sie öffentlich Prinzessin Kandaze auf den Thron beten – insgeheim sei das schon längst das stille Gebet der Mönche –, doch würde ein entsprechendes öffentliches Gebet dem Prinzen durch Verräter sofort gemeldet werden und seinen Zorn auf die Beta Israel nur noch steigern.

Aksum war mit seinen Prachtbauten nicht nur eine sehr schöne, sondern auch eine äusserst reiche Stadt. Hier trafen sich die Händler mit ihren Karawanen aus Ost und West, aus Nord und Süd. Auch die Pilgerströme der beiden Religionen förderten den Reichtum der heiligen Stadt. Die Mönche hofften und beteten, dass der Thronfolger Abuznegus, der für seine Geldgier bekannt war, die Geldquelle Beta Israel nicht ins Abseits drängen würde. Doch noch war der alte Menelik am Leben und das war gut.

Das Drama am Königshof

Als Zafi und Simon, erfüllt von ihren Erlebnissen in Aksum, auf ihrem Kamel in Kaparnum einzogen, war Zubidu der erste Dorfbewohner, dem sie begegneten – strahlend vor Glück. Zu seinen Füssen krabbelte ein süsser kleiner nackter Junge. Simons Herz begann heftig zu klopfen. Er sah seinen Sohn zum ersten Mal. Er sprang vom Kamel und Zafi folgte ihm. «Das ist Rufi», verkündete Zubidu stolz und schaute Simon geradezu liebevoll an. Ob er wohl ahnte, wer da gerade vom Kamel gestiegen war? Rufi krabbelte vertrauensvoll auf die beiden Freunde zu, zögerte, zu wem er sich wenden sollte, zog sich dann aber an Simons Beinen hoch, fröhlich quietschend. «Er scheint dich zu mögen», meinte der Ziehvater und klopfte dem jungen Mann wie einem Mitverschworenen freundschaftlich auf die Schulter. Aus der Rundhütte trat Merella, einem Huhn hinterherrennend. Offenbar wollte Zubidu bei seiner dritten Frau und ihrem Sohn essen. Merella blieb kurz stehen und bewegte leise verneinend den Kopf. Nein, sie hatte ihrem Gatten nicht gesagt, wer das Kind gezeugt hatte – aber Zubidu war ein kluger Mann mit viel Lebenserfahrung. Merella hatte das Huhn endlich erwischt und hieb ihm mit dem Beil den Kopf ab. Sie lächelte leise, als sie bemerkte, dass Simon sie bei der Schlachtung beobachtete. Er schien zufrieden zu sein; sie hatte das Blut des Huhnes auslaufen lassen. Im Blut floss das Leben Gottes, darum durften die Beta Israel es nicht mit dem Fleisch essen, sondern es musste zu Gott zurückfliessen. Merella setzte sich vor die Hütte und begann, das ausgeblutete Huhn zu rupfen.

«Ihr kommt aus der heiligen Stadt.» Zubidu stellte das eher fest, als dass er fragte. «Ihr seid noch erfüllt von der Heiligkeit des Ortes und ohnehin so etwas wie Mönche. Darf ich euch bitten, den Aksumsegen über uns zu sprechen?» Simon und Zafi wussten, dass der Segenswunsch eine Einladung zum Essen war, denn der eigentliche Segen wurde gemäss aksumischem Brauch nach dem Essen beim Kohlensud gesprochen. Zubidu bat die Freunde, sich in Kauerstellung neben ihn zu hocken. Merella hatte das Huhn ausgenommen und an einen Spiess über dem Feuer gesteckt. In derselben Kauerstellung wusch sie in einem Tongefäss nun die grünen Kohlenbohnen, trocknete sie vorsichtig mit einem Tuch und gab sie in ein gewölbtes Metallgefäss. Zwischendurch drehte sie an dem Hühnerspiess. Über der Glut einer zweiten Feuerstelle schwenkte sie an einer Holzzange das Metallgefäss, mit der freien Hand brachte sie mit einem Fächer die Glut zum Auflodern. Die Bohnen im Metallgefäss verwandelten sich in kleine schwarze Kohlen. Das Huhn, mit Salz und Kräutern gewürzt, war unterdessen essensbereit geworden. Zubidu dankte dem Huhn, dass es sein Leben geopfert hatte, dann griffen sie herzhaft zu. Rufi sog genüsslich an Mamas Brust. Nachdem er seinen Hunger gestillt hatte, legte die Mutter ihn in die Arme des Ziehvaters. Zubidu küsste ihn sanft auf den kleinen Po und schob das Kind verheissungsvoll lächelnd auf Simons Knie. Der junge Geheimvater fühlte in seinem Herzen warm ein bislang unbekanntes süsses Gefühl aufsteigen. Warm floss auch etwas über seine Beine; damit musste man bei kleinen Kindern rechnen.

In einem Holzgefäss mörserte Merella die Bunakohlen zu feinem Mehl. Sie griff nach der Jebanna, einem bauchigen Topf mit langem, oben offenem Hals und krummem Ausgussschnabel. In den offenen Jebannahals liess sie reichlich Bunakohlenmehl rieseln und goss Wasser dazu. Sie kochte Kohlenmehl und Wasser ein erstes Mal auf und servierte das Ganze in kleinen Schalen als *Arbol*, wie der dickflüssige erste Sud genannt wurde. «In diesen Schalen war noch nie ein Tropfen Milch», beruhigte Merella die Beta Israel, denn die Beta Israel durften nicht mit Milch in Berührung kommen, wenn sie Fleisch gegessen hatten. Der leicht bittere Geschmack des *Arbol* stammte von den Bitterkräutern, welche in die Schalen gegeben wurden. Die Zeremonienmeisterin sprach die traditionellen Worte *bitter wie der Tod*. Der *Arbol* musste still geschlürft werden in meditativer Erinnerung daran, dass alles Leben vergänglich ist. Dase zweite Aufkochen, die *Tona*, begleitet von den Worten *gut wie die Freundschaft*, gab den Auftakt zum

Gespräch. Bei der *Tona* pflegte man im aksumischen Reich unter anderem auch Konflikte in der Dorfgemeinschaft friedlich aufzuarbeiten. Zum dritten Aufkochen des Suds, dem *Bereka*, gewürzt mit Süsskräutern, gehörten die Worte *süss wie der himmlische Segen*; diese Worte waren die Einleitung für den Aksumsegen, den die beiden Freunde mit einem ergreifenden Singsang erteilten. Eines stand nach der Zeremonie fest: Simon und Zubidu waren durch das Ritual zu Segensvätern desselben Kindes geworden.

Nach dem Segen verabschiedeten Simon und Zafi sich von Zubidu, Merella und Rufi. Auf ihr Kamel konnten sie sich nicht mehr schwingen, um nach der langen Reise endlich nach Hause zurückzukehren, denn es hatte sich herumgesprochen, dass die Aksumpilger zurück waren. Wer in Aksum das Tor, das die Pilger von der heiligen Lade trennte, küsste, hatte die Lade selber zwar nicht berührt, weil das ja den sofortigen Tod zur Folge gehabt hätte. Doch selbst am Tor war noch so viel Herrlichkeit und Heiligkeit Gottes zu spüren, dass durch den Kuss jeder Pilger etwas vom Glanz Gottes mit sich nahm und weitergeben durfte. Von den Feldern und aus den Hütten kamen Männer, Frauen und Kinder, willig, den Aksumsegen zu empfangen. Von der Reisemüdigkeit spürten die beiden angehenden Mönche bald nicht mehr die geringste Spur, denn jede Segnung war mit dem Genuss von Gastfreundschaft und Bunakohlensud verbunden.

Aus der heiligen Stadt kam jedoch nicht immer nur Segen. König Menelik, der sich trotz seines hohen Alters bester Gesundheit erfreut hatte, war, wie man hörte, plötzlich gestorben, nachdem er fröhlich einen Becher mit Brottrunk an die Lippen geführt hatte. Angeblich war der Brottrunk vergiftet gewesen. Seine Tochter Kandaze, die dem Sterbenden als Erste zu Hilfe geeilt war, hatte ihren eigenen Becher unberührt stehen lassen. Sie traute ihrem Bruder nicht. Sie war noch vor den Trauerfeierlichkeiten aus dem Königspalast geflohen. Offenbar fürchtete sie um ihr Leben. Auf dem Thron sass nun Abuznegus. Und er regierte mit harter Hand.

Beta-Israel-Pilger wurden gezwungen, vor den Stelenhochhäusern den Ahnen Opfer darzubringen.

Dass für die beliebten Beta Israel eine schwere Zeit angebrochen war, merkte man selbst im fernen Kaparnum. Eines Tages tauchten königliche Soldaten im Dorf auf. Ein Herold rief die Bevölkerung zu einer Versammlung. Er erklärte ihnen, dass die Beta Israel keine echten Aksumer, sondern Fremdlinge seien, die sich den Bräuchen des Landes anzupassen hätten. Der König habe eine Entbetaisierung eingeleitet. Die Inschrift *Mesgid von Kaparnum* müsse entfernt werden. Wer den unamharisch fremden Namen Kaparnum weiterhin gebrauche, werde mit einer hohen Geldbusse bestraft, Wiederholungstätern werde die Zunge abgehauen. Das Dorf werde auf Geheiss seiner Hoheit Abuznegus in den Rang einer Stadt erhoben und Bahir die Herrliche genannt werden, Bahir am Tanasee.

Die Leute in Bahir waren froh, dass wenigstens die Gebete und Gesänge weiter in der Mesgid abgehalten werden durften. Doch wie lange noch? Vielleicht waren die Namensänderungen bloss die sprichwörtlichen spitzen Flusspferdohren, die aus dem Wasser schauten, und die gefährlichen Tiere würden sich erst noch in ihrer ganzen Grösse erheben?

In der Stadt Bahir wuchs das Misstrauen. Wer aus lauter Gewohnheit den alten Namen gebrauchte, war auf einmal nicht sicher, ob er nicht den Anhängern von Abuznegus gemeldet würde. Es war augenfällig, dass viele Stadtbewohner nicht mehr an den Festen der Beta Israel teilnahmen. Es wurde berichtet, dass in einigen Dörfern und Städten Beta-Israel-Lehrhäuser niedergebrannt worden waren. Die Flusspferde waren aus dem Wasser gestiegen. Was war wohl aus Prinzessin Kandaze geworden? Beta Israel wie Amharen hofften inständig, dass die Königstochter wieder auftauchen würde. Ohne sie war die Familie des Salzhändlers Menachem in grosser Gefahr. Auf den Reichtum und den Einfluss des bekannten Händlers würden es die Feinde der Beta Israel besonders abgesehen haben. Die Mönche auf der Insel, mit denen sich Zafi und Simon besprachen, rieten Menachem dringend zur Flucht.

Simon wollte nicht nur den Rat der Mönche hören. Er begab sich an den Wasserfall zu Nigusi. Der König der Hyänen und er setzten sich nebeneinander zu einem ihrer stummen Gespräche. Der grosse Fluss rauschte sein ewiges Lied, Nigusi und Simon horchten in ihr Inneres. Nach langem Schweigen erhob sich Simon. Nigusi leckte traurig das Gesicht seines Menschenfreundes. Er wusste, er würde Simon nie wieder sehen. Simon würde nicht ins Kloster eintreten, er würde seinem Vater raten, den aksumischen Zweig des Salzhandels in amharische Hände zu legen und von jenseits der grossen Wüste aus für das Unternehmen tätig zu sein.

Sowohl in der Trinkhütte der Stadt Bahir, wie Kaparnum nun hiess, als auch bei zahlreichen Bunakohlenritualen wurde die schwierige Lage seit Abuznegus' Machtübernahme ausgiebig besprochen. Die weniger begüterten Beta Israel kamen zum Schluss, in Bahir zu bleiben. Schlimmstenfalls würden sie sich auf die Mönchsinseln zurückziehen, auf denen sie sich gegen Verfolger zu verteidigen gedachten. Allen war jedoch klar, dass für Menachem und seine Leute ein Verbleib in der Stadt unmöglich geworden war. Von Prinzessin Kandaze fehlte nach wie vor jede Spur; vielleicht war auch sie bereits ermordet worden.

Zafis Vater Uluzu hatte sich als Mitarbeiter im Salzhandel bereits bewährt. Zwar fehlten ihm wichtige Kenntnisse für ein derart gewaltiges Unternehmen, vor allem sprach er keine Fremdsprachen, doch da Menachem den Handel von der römischen Stadt Kyrene aus weiterhin überwachen würde, war Uluzu vor Ort ein guter Mann. Als nach wie vor unbeschnittener, polygamer Anhänger des Ahnenglaubens gab es keinen Grund, ihn zu verfolgen. Bei Sprachschwierigkeiten im internationalen Handel konnte er sich an seinen Inselmönch-Sohn wenden. Die Geschäftsübergabe erfolgte mit der verständnisvollen Einwilligung des Kahens vor der kleinen Bahir-Ahnenstele mit dem Ahnensegen, der von König Abuznegus gefordert wurde.

Auf eine feierliche Verabschiedung von Menachem, Hanna, den Söhnen, Töchtern, Schwiegertöchtern und Schwiegersöhnen musste aus Gründen der Staatsräson verzichtet werden. Im Land wimmelte es von Spitzeln des Königs. Der Aufbruch musste in einer Nacht-und-Nebel-Aktion geschehen. Man konnte auch nicht das Ende der Sandsturmzeit abwarten, die Nachrichten aus anderen Städten und Dörfern wurden immer dramatischer. In Aksum war die grosse Mesgid von Ahnenpriestern übernommen worden. Der weise Oberpriester hatte den König immerhin überzeugen können, dass die Existenz der nicht zu berührenden Bundeslade mit dem Ahnenglauben vereinbar sei und der Hauptstadt ihren Heiligkeitscharakter bewahren würde, was selbst für die amharischen Pilger wichtig war – und die Pilgerströme waren für Aksum ein bedeutender wirtschaftlicher Faktor.

Die Tage vor der Flucht verbrachte Simon mit Bootsfahrten zu den Mönchen auf der Insel, vor allem zu Bruder Henoch. Zubidu holte ihn mehrmals ab zu Besuchen bei Rufi, der sich an den jungen vermeintlichen Onkel schnell gewöhnt hatte. In einer Hyänennacht, nachdem sich die feiernde Menge zurückgezogen hatte, um den gefrässigen Tieren Raum zu geben, küsste Simon Nigusi zum letzten Mal auf die Hyänenschnauze, dann brachen Menachem und seine Leute mit hundert Kamelen auf, unter ihnen fünf Muttertiere als Milchspender. Kamelfleisch galt laut der heiligen Schrift als nichtkoscher, von der Milch sagte die Schrift aber nichts. Darum galt für Beta-Israel-Karawanenreisende: Wasser ist Leben, Milch ist Nahrung. Die Kamele waren beladen mit wichtigen Habseligkeiten sowie den Handelswaren Weihrauch, Myrrhe und Haristoffballen, vor allem aber mit schweren Blöcken von weissem Gold – der Salzhandel musste weitergehen.

Die Haristoffballen waren eine besondere Kostbarkeit, die nur selten ihren Weg nach Bahir fand. Hari waren bunte Stoffe, die sich so fein und zart anfühlten wie die Haut eines neugeborenen Kindes. Sie wurden von Händlern gebracht, die ganz anders aussahen als die Menschen im aksumischen Reich, sie hatten braune Gesichter und glatte schwarze Haare, und diese Händler wiederum hatten die wertvolle Ware von Menschen, die noch einmal ganz anders aussahen: weiss, fast gelb, mit mandelförmigen Augen. Die glatthaarigen Händler wussten von den gelben mandeläugigen Händlern, dass die Hari angeblich nicht aus Pflanzensubstanzen gewonnen, sondern aus Fäden gesponnen wurden, welche von Schmetterlingsraupen stammten. Doch diese Auskunft musste auf einem sprachlichen Missverständnis beruhen, denn auch im aksumischen Reich gab es Schmetterlinge, deren Raupen allerdings keine Fäden ausschieden. Die einzigen Fäden ausscheidenden Tiere waren die Spinnen und aus Spinnenfäden konnte man nichts herstellen. Sicher war jedoch, dass die Haristoffballen Jahre unterwegs waren, bevor sie Bahir erreichten. Menachem war einer der wenigen Händler im aksumischen Reich, die Beziehungen zu solchen fremden glatthaarigen Händlern unterhielten, die gelegentlich über Hari verfügten. Die wunderbaren Kleider von Königin Schobhit, der Frau des ermordeten König Menelik, stammten aus Menachems Handel. Die Hari waren für Menachems Karawanen auch das Lösegeld für einen überfallfreien Durchzug durch die grosse Wüste. Die guten, aber auch die räuberischen Nomaden wussten, dass die Harigeschenke ausbleiben würden, wenn man Menachem und seine Leute ausrauben und ermorden würde. Einige Nomaden kleideten ihre Frauen in Haristoffe, andere verkauften die Stoffe weiter. Im römischen Reich auf der anderen Seite der grossen Wüste bezahlte man für ein Grosstuch Hari ein Halbjahreseinkommen eines Fischers oder Bauern.

In der Felsenwüste

Die grosse Wüste war so nah, dass man das Roki-Beri-Felsentor von Bahir, wie Kaparnum jetzt hiess, fast greifen konnte. Die seltenen Regenwolken, die ihren Weg vom Roten Meer bis zu diesem Punkt der Hochebene fanden, stauten sich vor den mächtigen nackten Felsen, sodass sie ihren Inhalt an Ort und Stelle ausgossen. Solche Regenfälle gab es zwar nicht häufig, aber doch gelegentlich. Sie sorgten zusammen mit den Wasserschleiern der blauen Fälle, welche das durstige Land immer wieder küssten, dafür, dass die Gegend rings um Bahir eine fruchtbare tropische Landschaft war. Vor der grossen Flut, welche in den heiligen Schriften der Beta Israel Sintflut hiess, war der blaue Strom offenbar durch die Roki-Beri-Enge in die Tiefe gestürzt, danach aber hatte er sich einen neuen Weg in eine völlig andere Richtung in der Wüste gesucht. Dort stürzte er nun in eine Schlucht, die kein Mensch je zu betreten gewagt hatte. Man wusste jedoch, dass der Blaue sich weiter unten mit dem sogenannten Weissen vereinigte und dass der vereinigte blau-weisse Strom durch das Pharaonenland floss, um sich schliesslich ins Meer zu ergiessen.

Als Kind hatte Simon seinen Vater oft bis zum Felsentor begleitet. Wenn Papa dann jeweils mit seinen Männern und den beladenen Kamelen hinter den Felsen verschwand, wusste er, dass er ihn fast ein Jahr lang nicht sehen würde. Nun durchschritt auch er das Roki Beri. Die Felsen strahlten selbst mitten in der Nacht Wärme ab, und tagsüber war mit noch grösserer Hitze zu rechnen, obwohl die wasserleere Schlucht so eng war, dass die Sonne gar nicht bis in die Tiefe dringen konnte. Nur die Kinder durften in der Schlucht auf den Kamelen reiten, selbst die Frauen mussten absteigen. Es galt Schritt für Schritt abzutasten, wo man den Fuss hinsetzen konnte. Für die schwer beladenen Kamele war es besonders gefährlich, sie konnten jederzeit ausrutschen, ein Bein brechen oder gar abstürzen. Mit ihren Lampen versuchten die erfahrenen Kamelführer zu erkennen, wo ein Durchgang möglich war. Wer zu

Beta Israel gehörte, betete: «Herr, dein Licht sei eine Leuchte unserem Fuss und ein Licht auf unserem Pfad.»

«Hätten wir nicht doch das Tageslicht abwarten sollen?», fragte eines der Kinder voller Angst.

«Wir sind Flüchtlinge», antwortete Vater Menachem, «es durften nicht alle wissen, dass wir Bahir verlassen.» Und zu seinem Sohn Simon sagte er: «Für die Kinder ist es besser, dass sie nicht erkennen können, wie gefährlich es hier ist. Sie sehen den Abgrund nicht, an dessen Rand wir entlanggehen.»

Als der Mond die Schluchtenge kurz erhellte, begann auch Simons Herz zu klopfen: In dem flüchtigen Lichtstrahl sah er in der Tiefe das Skelett eines abgestürzten Kamels liegen. Doch dann hatte der Mond die Schlucht bereits wieder verlassen und es herrschte Finsternis. Später tauchte der Mond wieder auf, aber erst, als die Schlucht sich weitete.

Der Tag brach an. Sie befanden sich in einem weiten Tal, wo keine herabfallenden Steine sie treffen und kein Abgrund sie verschlingen konnte. Die Frauen durften wieder aufsitzen. Als es heiss wurde, erteilte Menachem den Befehl, sich einer der Felswände zu nähern. Dort gab es so etwas wie Schatten, weil die Sonne noch nicht hoch genug stand. Simon staunte über die bizarren Felsformationen. Aus der Ebene erhoben sich mächtige Steintische, an denen Riesen tafelten, und auf einem Felsvorsprung im Gebirge stand ein hünenhafter Kahen und hielt eine Predigt. Wundervoll war der Anblick der vielen gigantischen Felsen mit gewaltigen Öffnungen, durch welche sie in Gottes blaue Augen blickten. Auf einmal bemerkte Simon, dass die Frauen verschämt den Blick senkten. Er musste lachen. Vor ihnen erhoben sich Riesen mit erigierten Penissen. Simons Angst war verflogen. In dieser verzauberten Landschaft fühlte er sich Gott nahe. Er verstand, warum der Glaube Israels in der Wüste entstanden war. Da lagen Felsblöcke herum, auf denen er sich die zehn Gebote von Gottes Hand gemeisselt vorzustellen vermochte.

Mitten im Steintal gab es so etwas wie eine Grünfläche mit zähem Gras, auch vereinzelten Baobabbäumen und Dattelpalmen. Offenbar floss unterirdisch doch noch so etwas wie ein Gewässer durch das Felsental. Da die Felsen mittlerweile keinen Schatten mehr spendeten, sondern vielmehr zu glühen anfingen, hielt die Karawane wieder mehr nach der Talmitte mit dem zähen Gras. Es wurde immer heisser. Simon fühlte dankbar, wie seine wallenden Gewänder ihm bei jedem Schritt Luft zufächelten. Dank dieser Gewänder, die so warm und dick aussahen, schwitzte er kaum, und was er trotzdem an Schweiss ausschied, wurde durch das Geflatter sofort weggeweht. An einer Stelle, wo es genügend Bäume gab, machten sie Halt und labten sich an Kamelmilch. Die amharischen Knechte fingen ein paar Echsen und brieten sie über dem Feuer – für die Beta Israel ein gottwidriger Gräuel.

Als sich auf der anderen Talseite durch den Gang der Sonne wieder so etwas wie Schatten gebildet hatte, brachen sie auf. Kurz vor der Dämmerung stiessen sie auf einem der wenigen Grasplätze auf Angehörige des Imazighenvolkes, Frauen, Männer und Kinder mit ihren Kamelen, Schafen, Ziegen und Lederzelten. Menachems Leute trugen wegen der Hitze wallende weisse Gewänder, weil weiss das Sonnenlicht zurückwirft, die Imazighen ihrerseits waren in dunkle blaue Gewänder gehüllt, weil die dunkle Farbe das Sonnenlicht auffängt und dieses deshalb nicht die Haut trifft, womit die Menschen vor Sonnenbrand geschützt sind. Menachem lachte: «Bei jeder Begegnung mit den Imazighen haben wir ein langes Palaver darüber, welches die richtige Farbe für die Wüstenkleidung ist.»

Da Kamele tagelang durch die Wüste ziehen können, ohne zu trinken, tränkten die Imazighen lediglich ihre Ziegen und Schafe an einem Loch mit abgestandenem Regenwasser. «Wenn es in den nächsten zwei oder drei Jahren nicht regnet, wird dieses Loch leer sein», meinten die Hirten, «dann können wir trotz Gras und Bäumen nicht mehr hierherkommen – oder wir müssen versuchen, nach Wasser zu graben. In der Tiefe fliessen nämlich die Überreste eines grossen Hochlandflusses.»

Menachem machte mit den Hirten einen Gastfreundschaftstausch. Die Wüstenbewohner verlieren in der Hitze einen Teil ihres Körpersalzes und sind auf Salznahrung angewiesen, weshalb Menachem den Hirten zwei Blöcke Salz schenkte. An dem einen Block durften die Schafe und Ziegen lecken, den andern Block nahmen die Hirtinnen in Gewahrsam. Aus Oasengetreidemehl, Salz und Wasser kneteten sie daraufhin Teigfladen, vergruben diese im Sand und machten auf dem Sand darüber ein Feuer. Das Resultat war ein leckeres Brot. Dazu gab es Ziegenkäse. Man setzte sich zum gemeinsamen Essen mit Brot und Ziegenkäse und Süssblättertee aus Menachems Wasserschläuchen. Das Mahl wurde ausserdem angereichert durch Dörrfisch, den Menachem mitgebracht hatte.

Essen und Trinken lösten die Zungen und bald einmal war man mitten im Gespräch über die beste Wüstenkleidung. Dunkelbau sei gut, befanden die einen, weiss, meinten die andern. Unbestritten war, dass man auf weiss Schmutz und Schweiss besser sah als auf dunklem Blau. Und da man in der Wüste nur ganz selten genug Wasser zum Waschen hatte, trugen die Imazighen vermutlich die richtige Farbe. Da das Kleiderpalaver sehr interessant war, hätte man wohl noch lange diskutiert, doch ein starker Wind kam auf und es begann zu regnen. Es regnete indessen nicht Wasser, sondern Sand. Die freundlichen Imazighen luden die Gäste aus dem Wasserhochland in ihre Zelte ein, doch selbst in den Zelten fühlte man den Sand in den Augen und zwischen den Zähnen knirschte es.

Am Morgen hatte der Sandregen aufgehört. Zum Frühstück gab es reichlich Kamelmilch. Die weiss eingehüllten und die blau eingehüllten Kinder spielten miteinander im sandigen Gras. Zum Abschied riefen die Imazighen ihre Baum- und Wassergötter an, die Amharen wandten sich an ihre Ahnen und die Beta Israel beteten zu dem Gott, der Himmel und Erde gemacht hatte.

Die Flüchtlinge befanden sich immer noch in dem riesigen Felsental, das sich manchmal verengte, dann wieder weitete, in gefährliche Tiefen abstürzte, um später erneut flach und leicht begehbar zu werden. Doch auch an den weitesten Stellen blieb die Ebene felsig.

Am sechsten Tag ihrer Karawanenreise durch das Felsental erblickten sie in der Tiefe die grosse Oase Azo, von der Menachem erzählt hatte. Wogende Weizen- und Gerstenfelder und Dattelpalmen erinnerten sie an ihr eigenes Hochlandparadies. Sie atmeten auf. Sie hatten den Ruheort für die Sabbatheiligung rechtzeitig erreicht. Azo war eine Oase mit sesshaften Imazighen, welche wie die Menschen in Bahir in Rundhütten wohnten, allerdings in solchen aus Steinen. Menachems Karawane wurde mit Jubel empfangen. Die Azoer hofften, dass Menachem wieder Hari mit sich bringen würde, und sie wurden nicht enttäuscht. Da es an diesem Abend keinen Sand regnete, gab es nach Brotfladen, Käse und Süssblättertee und dem traditionellen blau-weissen Kleiderpalaver Belustigungen. Die Frauen zeigten sich in ihren schönsten Harigewändern, prächtigem Kopfschmuck und mit Silberringen an der Stirn. Die Azomänner hatten die Gesichter mit farbigem Puder aus zerstossenen Steinen geschminkt. Sie waren bis auf ein kleines Lendenschürzchen nackt. In den Händen hielten sie Speere und Säbel. Zu Musik auf der Leier vollführten sie Kriegstänze, begleitet von den Trillerrufen der Frauen und Kinder. Menachem bedankte sich, indem er aksumische Märchen und Sagen, aber auch Geschichten aus den Beta-Israel-Schriften erzählte. Einige Sagen hatte er bei anderen Besuchen bereits erzählt, doch diejenigen Geschichten aus der heiligen Schrift, die sie mit ihrer Landschaft verbinden konnten, wollten die Oasenleute jedes Mal hören. Lautstark wünschten sie sich die Erzählung von der Flut, welche die grosse Wüste unter Wasser gesetzt hatte und deren Rest nun den Oasensee bildete, an dem die Kamele ihren Wasservorrat wieder erneuern konnten.

Als Gäste waren Menachems Leute herzlich eingeladen, die Nacht in den Steinhütten zu verbringen, doch Simon zog es vor, draussen zu schlafen. Seit Tagen hatte es keinen Sand mehr geregnet, der Himmel war so klar, dass ihm die vielen Sterne näher erschienen als zuhause. Doch was hiess zuhause? Er hatte sein bisheriges Zuhause verlassen und noch kein neues gefunden. War ihm das ewige Zuhause aus diesem Grund näher als sonst? Er erlebte die Sterne auf einmal ganz anders. Zwar hatten sie ihm auf nächtlichen Wanderungen schon oft den Weg gezeigt, doch waren sie stumm geblieben. In dieser Wüstennacht hingegen hörte er sie singen. Wie Salomo hatte er bereits mit den Tieren sprechen können. War er auf einmal fähig, auch die Sterne zu verstehen? Was hatte Gott mit ihm vor? Er war überzeugt gewesen, ins Kloster eintreten zu müssen, doch im Zusammensein mit Nigusi hatte er begriffen, dass es für ihn einen anderen Weg gab. Ob die Sterne Näheres wussten?

Es gab in der wasserreichen Oase jedoch nicht nur den Himmel mit den singenden Sternen, es gab auch die sirrenden Stechmücken. Sie gaben Simon so etwas wie ein Heimatgefühl. Im heimatlichen Paradies waren sie so zahlreich wie die Sandkörner in der Wüste. Er erinnerte sich, dass ihm in frühster Kindheit, als er wie alle Kinder nackt herumgekrabbelt war, jeder Mückenstich unangenehme Schwellungen verursacht hatte, doch nach einiger Zeit war er immun geworden. In der Wüstengewandung war er Tag und Nacht gut eingepackt, tagsüber wegen der Hitze, nachts wegen der Kälte. In der Oase war es aber gar nicht besonders kühl – gute Flugbedingungen für die Mücken auf ihrer Nahrungssuche. Diejenigen, die sich auf seinen Lippen niederliessen, leckte er mit der Zunge in den Mund, das war Zusatznahrung. Er schob lächelnd die Ärmel hoch. Gott versorgte ihn täglich mit Brot, Milch und Datteln, so durften seine Arme getrost Speise für die Mücken sein. Unter dem Gesang der Sterne und der Mücken schlief er friedlich ein.

Wer Frauen mit weichen Haristoffen verwöhnt, wird von ihnen mit Leckerbissen überschüttet. Menachem war ein alter Freund der

Oasenimazighen. Es war nicht das erste Mal, dass ihm zu Ehren ein Böcklein geschlachtet wurde, in voller Kenntnis dessen, was für ihn erlaubt und nicht erlaubt war: Das Böcklein wurde vollständig ausgeblutet und das Fleisch nicht mit Milch gemischt. Es gab heissen Süssblättertee. Die Oasenfreunde wussten sogar, dass ein Beta Israel am Sabbat nur eine Sabbatmeile, dreitausend Fuss, gehen durfte. Das war die Distanz, welche die Israeliten auf ihrem Zug durch die Wüste zur Bundeslade wahren mussten. Als sie sesshaft wurden, blieben die dreitausend Fuss die Distanz, die man von seinem Wohnsitz gehen durfte, um den Ort der Anbetung, die Mesgid, zu erreichen. Beim Entladen der Kamele hatten die Imazighen dafür gesorgt, dass die Warensäcke auf einer Distanz von dreitausend Fuss verteilt wurden. Somit konnte Menachem mit Hanna, den Söhnen, Schwiegertöchtern, Töchtern, Schwiegersöhnen und Grosskindern von Besitztum zu Besitztum schreitend die Felsenhöhle betreten, die ihn immer wieder faszinierte. Bei jedem Besitztum sprach einer der Söhne einen Lobpreis. Asarja betete: «Herr, du erforschst mich und kennst mich. Ich sitze oder stehe, du weisst es, du verstehst meine Gedanken von ferne.» Schweigend dachten alle über diesen Satz nach, auch die Imazighen. Leise summend zogen sie zum zweiten Besitz. Jabes betete: «Zu dir, Herr, fliehe ich, sei mir eine feste Burg, dass du mir helfest; denn du bist mein Fels und meine Feste.» In der Stille hörte man Hanna schluchzen; sie waren ja Flüchtlinge. Durch diese Felsen würden Verfolger ihnen jedoch nicht so leicht nachsetzen. Bei allen Gefahren der Natur, die Felsen schützten sie. Beim nächsten Punkt sprach Gadi: «Die Himmel erzählen die Ehre Gottes, Fruchtland und Wüste verkündigen das Werk seiner Hände.» Simon dachte an die Felsentische, an denen steinerne Riesen sassen, an die Felsbrücken und an die mächtige Öffnung in einem Felsen mit dem blauen Auge Gottes. Sie schritten weiter. Ramaljas Gebet lautete: «Mache dich auf, o Herr, zu deiner Ruhestatt, und mit dir deine machtvolle Lade.» Beim Wort Lade sah sich Simon mit Zafi, seinem Jonathan, in der grossen Mesgid von Aksum, als sie beide das Tor küssten, hinter welchem sich die heilige Bundeslade befand. Ob sie nicht hätten versuchen sollen, die Bundeslade vor Abuznegus in Sicherheit zu bringen? Doch bekanntlich durfte niemand die Bundeslade berühren. Sie würde sich selber schützen. Wenn Abuznegus sich an ihr vergreifen sollte, würde er bestimmt tot umfallen. Jäh wurde Simon durch eine sanfte Berührung von Papa aus den Gedanken gerissen. Sie standen unmittelbar vor dem Eingang zu der Höhle und er war an der Reihe. Er rief in die Höhle hinein: «Die Stimme des Herrn sprüht Feuerflammen! Die Stimme des Herrn macht die Wüste beben! Der Herr thront ob der Flut!»

Die Imazighen hatten brennende Fackeln dabei. Simon hatte auf dem Fluchtweg durch die Felsenwüste bereits viele erstaunliche Dinge gesehen. Doch was er im Schein der Fackeln an den Wänden in der Höhle entdeckte, verschlug ihm die Sprache. Aus Sagen und Legenden wusste er bereits, dass der blaue Strom vor der Sintflut durch die Schlucht und die Felsenebene gebraust war, welche jetzt ihr Fluchtweg durch die grosse Wüste war. An den Wänden sah er Zeichnungen aus vorsintflutlicher Zeit. Er sah Bauern Felder bestellen, Fischer Netze auswerfen, Jäger Tiere erlegen, welche es in der Wüste nicht gab. Die grosse Wüste musste einmal grün gewesen sein. Ein junger Imazighen mit Fackel hiess ihn gemeinsam mit ihm den Boden abtasten. Auf einmal hielt Simon einen Fisch aus Stein in der Hand, keine Zeichnung, sondern einen echten versteinerten Fisch. Lots Frau war auf ihrer Flucht aus Sodom und Gomorrha, als sie sich umgewandt hatte, in eine Salzsäule verwandelt worden. Also konnten durch eine ähnliche Katastrophe Fische in Steine verwandelt worden sein. Simon fand auch Schnecken und Muscheln, wie er sie aus dem Tanasee kannte. Die grosse Wüste musste vor der Sintflut grün gewesen sein mit Seen und Bächen.

Gott konnte nicht nur eine Sintflut über die Erde bringen, er konnte auch Fruchtland in Wüste verwandeln – und selbst noch im Gericht seine Barmherzigkeit und Liebe erweisen, denn gerade in der Wüste hatten Menschen immer wieder Gott gefunden.

Die Flüchtlinge waren begeistert von allem, was sie in der Höhle sahen und erlebten. Die Kinder konnten nicht aufhören, sich immer wieder nach Steinfischen, Steinschildkröten und Steinschnecken zu bücken. Für die Frauen waren die Steintiere ein willkommener Schmuck. Auch die Männer bückten sich immer wieder nach den besonderen Steinen. Menachem und Simon – Steinfische in den Händen – blickten sich an, schüttelten den Kopf, zuckten mit den Achseln und fingen zu lachen an. Am Sabbat durfte man sich nicht nach Steinen bücken, das war Arbeit.

Nach dem erlebnisreichen Aufenthalt in der Höhle mit den Zeichnungen und den Versteinerungen kehrten sie in die Oase zurück, wieder an jedem Besitztum zu Gebet und Lobpreis anhaltend. Freundliche Oasenfrauen hatten die schmutzigen und zerrissenen Gewänder der Gäste gewaschen und geflickt.

Mit demselben Lachen wie in der Höhle beim Steine-Aufheben zitierte Simon: «Am Sabbat sollst du kein Werk tun, weder du noch dein Sohn, noch deine Tochter, noch dein Sklave, noch deine Sklavin, noch dein Vieh noch der Fremdling, der in deinen Toren ist. Denn in sechs Tagen hat der Herr Himmel und Erde gemacht und das Meer und alles, was in ihnen ist, und er ruhte am siebenten Tage; darum segnete der Herr den Sabbattag und heiligte ihn.»

«Wir sind nicht in euren Toren», meinte eine mütterliche Frau lächelnd, «ihr seid in unseren Toren. Und jetzt gibt es Abendbrot mit Milch und Käse. Die Fleischmahlzeit liegt lange genug zurück, dass die Milchspeise euren Gesetzen entspricht.»

An diesem Abend gab es keine Tänze, sondern Geschichten. Vor dem knisternden Feuer erzählte Simon seinen Oasenfreunden, was ihm die Sterne in der Nacht zuvor für ein Lied gesungen hatten. Dass Sterne sangen, war für die Imazighen eine bekannte Erfahrung. Selbstverständlich sangen Sterne; ihren Gesang vernahmen sie fast jede Nacht, ausser wenn es Sand regnete. Vielleicht waren es auch die Steine gewesen, die zu Simon gesprochen hatten. Dass Steine sprechen konnten, war für seine

Freunde ebenfalls nichts Neues. Man musste schon ziemlich dumm sein, um einen Steinfisch in die Hand zu nehmen, ohne ihn sprechen zu hören, warf der Oasenälteste ein. Die grossen und kleinen Zuhörer lachten. In der Tat, man musste sehr dumm sein, um Sterne und Steinfische nicht reden zu hören. Sterne und Steinfische sprachen davon, dass es einmal sehr viel Wasser gegeben hatte. Von den Sternen wusste Simon, dass es am Ende des unendlichen Fels-, Geröll- und Sandlandes selbst heute noch ein riesiges Wasser gab, ein Wasser genau so unendlich wie das Fels-, Geröll- und Sandland der Imazighen. Ein gefährliches Wasser. Die Zuhörer schüttelten den Kopf. Wasser war nicht gefährlich, Wasser war Leben. Anderseits – Menachem hatte ihnen die Geschichte von der Sintflut erzählt. Ein kleines Mädchen fragte Simon: «Hast du schon einmal erlebt, dass es nicht Sand, sondern Wasser geregnet hat?»

Simon war erschüttert. «Kind, dort, wo ich bis vor kurzem gelebt habe, war Wasserregen häufiger als Sandregen.» Die Kinder staunten. Das gab es also heute noch – Wasserregen. Simon fuhr weiter: «Die Leute am grossen Wasser reisen auf hölzernen Kamelen über das Wasser, getrieben vom Wind, manchmal sogar mit ganzen Häusern.»

«Also wie die Arche Noah», folgerte ein kluger Junge.

Simon hatte das grosse Wasser selber noch nie gesehen, aber er konnte es sich gut vorstellen, er hatte ja an einem grossen See gelebt. «Manchmal verschlingt das grosse Wasser die hölzernen Kamele», erzählte er weiter. «Sie haben dermassen Angst vor dem Wasser, dass sie sagen, bevor die Welt geboren wurde, gab es nur dieses furchtbare Wasser. Das war selbst für Gott unangenehm. Er wusste nicht, wo er sich hinstellen konnte, er musste dauernd über dem Wasser schweben. Und es war ganz finster. Darum sprach er: 'Es werde Licht', und es wurde Licht.» Die Zuhörer klatschten begeistert. «Und dann sah Gott dieses furchtbare Wasser und sagte: 'Fort damit, es werde Land.' Und es wurde Land.» Wieder jubelten die Oasenbewohner.

Nun meldete sich der Älteste. «Wir erzählen dieselbe Geschichte anders. Unsere Götter sind Wassergötter und Baumgötter. Als es noch keine Welt gab, schwebten sie in grosser Dunkelheit über Felsen, Kies und Sand. Auch bei uns sprachen sie: 'Es werde Licht', und es wurde Licht. Und jetzt sahen die Götter diese Felsen, das Geröll und den Sand ohne Leben. Darum sprachen sie: 'Es sprudle Leben', und da sprudelte eine Quelle aus dem Kies und es wurde Leben. Es wuchsen Bäume.» Wieder klatschten die Zuhörer. Sie liebten Sagenwettkämpfe.

Nun fuhr wieder Simon fort: «Der Wasserschwall tränkte das Land. Da bildete Gott den Menschen aus Erde und hauchte ihm Lebensodem in die Nase, so ward der Mensch ein lebendes Wesen. Dann pflanzte Gott einen Garten und nannte ihn in unserer Sprache Paradies und in eurer Sprache Azo.»

Der nicht abbrechen wollende Jubel der Männer, Frauen und Kinder von der Oase Azo zeigte, dass Simon den Wettkampf gewonnen hatte. Der Älteste nickte seiner Frau zu. Diese erhob sich, löste aus ihrem Kopfschmuck einen Silbertaler und befestigte ihn an der Kopfbedeckung des Siegers. Andere Frauen huschten geschäftig mit Kalikali, der köstlichen Kamelsauermilch von Mann zu Mann, Frau zu Frau und Kind zu Kind. Es war ein herrlicher Abend, fast hätten Menachems Leute vergessen können, dass sie auf der Flucht waren.

Die Sabbatquelle

Um einige Salzblöcke und sechs Haristofftücher leichter war Menachems Karawane weitergezogen, neu beladen mit einigen kunstvoll verzierten Dolchen, dem Handwerk der Männer, und Schmuckketten aus Steinmuscheln und Steinschnecken, welche die Frauen aus der paradiesischen Oase Azo gefertigt hatten. Vor dreizehn Tagen hatten sie ihre Heimat verlassen. Das erste Felsengebirge lag hinter ihnen. Sie befanden sich auf einer weiten Ebene aus Geröll, Kies und Schotter, wo es nach wie vor Steintische mit tafelnden Riesen gab und durchbrochene Felsblöcke, durch welche sie immer noch Gottes blaue Augen sahen. Oft vergingen Stunden, bis sie an einer Stelle mit einem einsamen Baum oder Strauch vorbeikamen. Bei den letzten glutheissen Sonnenstrahlen bereiteten sie jeweils das Nachtlager vor, damit sich die Zelte mit Hitze füllen konnten; beim nächtlichen Kälteschock waren alle froh, sich noch einige Zeit an der allmählich schwindenden Wärme erfreuen zu können.

Es war der Morgen vor Sabbatbeginn. Beim Morgengebet und bei der Frühmilch genossen sie den ersten wärmenden Sonnenstrahl noch, später fiel die Hitze erneut über sie her. «Das ist derjenige Teil der Wüste, in der es nicht einmal Gott aushält», seufzte Menachem. «Hier haben wir die Sabbatruhe auf unseren Handelsreisen nie eingehalten. Es gibt Beta Israel, die sich im Krieg am Sabbat eher umbringen lassen, als dass sie sich verteidigen würden, doch unser Kahen im Kaparnum hat immer gesagt, dass im Krieg auch am Sabbat Selbstverteidigung erlaubt ist, und dieser Hitzeangriff erfordert Selbstverteidigung.»

«Papa, du hast soeben Kaparnum gesagt», neckte Simon.

«Bis hierher reicht die Macht unseres Feindes Abuznegus nicht», erwiderte Menachem lachend, «hier sind wir in Gottes Land.»

«Hast du nicht eben erst gesagt, dass es hier nicht einmal Gott aushält, Papa?», meinte Simon herausfordernd.

«Du hast ja recht, Sohn, aber dass der Beta-Israel-Gott ein Wüstengott ist, hat unser Volk auf der Flucht aus Ägypten erfahren. In der Wüste glaubt jeder an Gott oder er stirbt.»

«Du bist jedenfalls auf deinen Handelsreisen nie gestorben, Papa, unser Wüstengott hat dich beschützt.»

«In der Tat, überlebt habe ich. Aber es hat bei mir nie Manna geregnet und auch gebratene Wachteln sind mir nicht in den Mund geflogen», meinte der Vater fast ärgerlich.

«Heute wird Wasser sprudeln», kündigte Simon an, «als Sabbatgeschenk Gottes.»

«Wie kommst du auf diese Idee?», brummte der Vater.

«Das sagt mir die Palme, die du noch gar nicht siehst, Papa.»

«Die Palme, die ich noch gar nicht sehe», wiederholte der Vater. Er musste immer wieder über seinen Sohn staunen. «Du sprichst wie ein herumziehender Imazighen, denen sagen die Bäume, Büsche und sogar die Schlangen, wo es Wasser gibt. Diese Fähigkeit haben wir gewöhnlichen Sterblichen längst verloren. Du bist anders. Ich habe mich ja schon gewundert, dass du mit Tieren sprechen kannst und mit Hyänen befreundet bist. Aber wo siehst du eine Palme?»

«Ich sehe sie nicht», erklärte der Sohn, «ich höre sie. Sie ruft mich.»

Was sollte der Vater dazu sagen? Er verstummte.

Die Karawane bewegte sich auf dem Schotter beharrlich weiter. Auf den Kamelen stöhnten die Frauen, die Kinder wimmerten. Unbarmherzig peinigte die Sonne sie mit glühenden Strahlen. Trotz wallenden Schammas fühlten die Reisenden, wie alle Flüssigkeit aus ihren Körpern wich, ohne dass sie nass wurden; jeder Schweisstropfen verdampfte augenblicklich bei seinem Austritt.

Auf einmal sahen sie in einer leichten Senke der Geröllebene tatsächlich die Palme, die ihnen freundlich zuwinkte. Sie war umgeben von Büschen und Andeutungen von Gras. Simon vergass

Hitze und Müdigkeit und begann zu rennen. Er umarmte die Dattelpalme. Datteln trug sie keine mehr, ihre Früchte hatte sie offenbar bereits an andere Reisende verschenkt, aber sie hatte gute Nachricht. Simon lächelte und dankte ihr. «Hört ihr das Wasser singen?», fragte er. Niemand hörte etwas, einzig die Kamele hielten ihre Blicke auf eine bestimmte Stelle gerichtet. Genau dort begann Simon im Kies zu wühlen, und plötzlich blubberte und gluckste unter seinen Händen ein Wasserstrahl. Es war gutes frisches Wasser, das besser schmeckte als das heiss gewordene Azo-Vorratswasser aus den Schläuchen.

Nach Wasser gegraben hatte Simon gerade noch unmittelbar vor Sonnenuntergang, bevor der Sabbat begann; er hatte nicht gegen das Sabbatgebot verstossen. Nun begrüssten sie Königin Sabbat. Sie assen Datteln und Azo-Brotfladen. Die Zelte schlugen sie nicht auf. Wenn irgendwie möglich wollten sie die Sabbatruhe einhalten. Sie legten sich zwischen die Kamele, welche sie in der hereinbrechenden Nachtkälte warm hielten. Am Morgen gab es trotz Sabbatruhe frische Kamelmilch, gemolken von den amharischen Knechten. Die Amharen brachten der Palme ein Milchopfer dar.

Beta Israel bringen ihre Opfer nur dem höchsten Gott dar, aber Simon umarmte die Palme und dankte ihr für ihre Weisung. Als er von der Palme zu Menachem zurückkehrte, machte er ein ernstes Gesicht. «Die Palme sagt, es wird Sandkörner regnen, ein eigentlicher todbringender Sandsturm baut sich auf. Wir sind im Krieg und müssen die Sabbatruhe brechen und sofort weiterziehen.»

«Bis zu der grossen Oase Ineti ist es eine Tagesreise», wusste der Vater.

«Diese müssen wir unbedingt erreichen», drängte der Sohn.

Menachem, der längst gelernt hatte, auf die Eingebungen seines Jüngsten zu hören, gab den amharischen Knechten Befehl zum Beladen der Kamele. Er trieb Asarja, Jabes, Gadi und Ramalja, die immer noch auf Sabbatruhe eingestellt waren, an, beim Beladen zu helfen. Der Himmel war strahlend blau und es war windstill, doch auch sie wussten, dass Sandstürme wie aus dem Nichts plötzlich daherfegen konnten. Dass ihr kleiner Bruder besondere Begabungen hatte, hatten auch sie begriffen. Wenn Simon die Sabbatruhe brach, war die Lage ernst.

Auf Schotter zu gehen, war selbst für die Kamele, die der Wüste bestens angepasst waren, nicht einfach. Man durfte es mit der Eile nicht übertreiben. Kamelskelette, an denen sie vorbeikamen, zeugten von tragischen Unfällen. Die Sonne hatte ihren Mittagshöhepunkt erreicht, als sie einer Gruppe von Wanderimazighen begegneten, die mit einer Ziegenherde und zwei Kamelen unterwegs waren. Wieder fand ein kleiner Tauschhandel statt: Salz gegen Ziegenkäse. Das Ziel der Imazighen war die Palmquelle, von der sie selber gerade kamen. Dort gab es Futter für die Ziegen für mindestens eine Woche. Sie schienen nicht in besonderer Eile zu sein.

«Doch», beantworteten sie Menachems Frage, «als Wüstenbewohner wissen wir, dass sich ein gewaltiger Sandsturm aufbaut, aber er hat Verzögerung. Tausende von Imazighen haben den Göttern und Göttinnen in den Bäumen und Quellen Opfer dargebracht. Diese Opfer sind eine Kraft, die den Sandsturm zwar nicht verhindert, aber doch aufhält, sodass die Reisenden sich in Sicherheit bringen können. Wir werden uns bei der Palmquelle eingraben.»

Die Imazighen wünschten der Karawane Menachems den Schutz der Baumgötter und der Wassergöttinnen, die Beta Israel wünschten ihnen den Schutz des Wüstengottes Israels. Beide Gruppen zogen gesegnet ihres Weges.

Es war noch heller Tag, als sie Ineti erreichten. Als Schutz vor dem mächtigen Sandsturm war Ineti, eine an einem felsigen Hügelzug gelegene Oase, ein guter Ort. Wasser aus dem Felsen speiste den See, Dattelpalmen spendeten Schatten und Früchte. Die

Inetiimazighen wohnten nicht in Hütten, sondern in Wohnungen, die sie in den weichen Felsen gehauen hatten. Auch Felsställe für die Kamele waren vorhanden.

Die jungen Männer und Frauen beeilten sich, das Getreide zu mähen und in Sicherheit zu bringen, bevor der Sandsturm alles zudeckte und vernichtete. Die alten Frauen verlangsamten rituell das drohende Losbrechen des todbringenden Sturms: Ein Teil von ihnen, mit gelbem Sand eingestrichen, stellte den Sturm dar, der auf die übrigen Frauen losstürmte, die eine Kette bildeten, die nicht so leicht zu durchbrechen war. Die Sturmfrauen zischten wie der Wind und spuckten Sand, die Menschenkettefrauen trillerten energisch und stemmten sich den Sturmfrauen entgegen.

Sobald die Kamele versorgt waren, halfen die Menachem-Leute beim Einbringen des Getreides, Sabbat hin oder her. Als dann die Nacht hereinbrach, waren alle viel zu müde für Sagen, Märchen und Tänze. Sie legten sich nieder und schliefen augenblicklich ein.

Ein friedlicher Morgen mit blauem Himmel und leuchtender Sonne brach an. Sie sassen gerade bei Käse, Milch und Gurken, als die Sonne verschwand. Der wolkenlose Himmel wurde schmutzig rot, eine gelbe Dunkelheit legte sich auf die Oase. Hunde begannen wütend zu bellen, Ziegen ängstlich zu meckern, Kamele in den Felsställen unruhig zu stampfen. Der Wind wurde stärker und stärker und dann kam eine gelbrote Wand auf sie zugerast. Es war an der Zeit, in die Felswohnungen zu fliehen. Als die Sandwolke auf die Oase traf, gab es ein Getöse wie von Armeen, die aufeinanderprallen: Schwert auf Schwert, Pfeile auf Schilde, Gedröhn von Katapultgeschossen, Pfeifen und Heulen. Die Hölle war los. Wind und Sand drangen durch Ritzen und Türspalten, Augen, Ohren und Mund füllten sich mit Sand, Zähne knirschten, das Atmen wurde schwer.

Das an Waffen erinnernde Klirren liess Simon an die verlorene aksumische Heimat denken. Ob die Soldaten des grausamen Königs in ihre kleine Stadt eingedrungen waren? Hatten die Beta

Israel rechtzeitig auf die Inseln fliehen können? Wie es wohl seinem Sohn ging? Rufi war ja nicht beschnitten, ihm sollten die Soldaten eigentlich nichts antun. Er versuchte, sich auf Zafi zu konzentrieren. Die beiden Freunde hatten seit frühster Kindheit immer wieder geübt, aus der Ferne miteinander zu kommunizieren. Nachdem es ihnen gelungen war, hatten sie angefangen, auch mit Tieren und Pflanzen zu kommunizieren. Simon selber lag diese Begabung ja von Urvater Salomo her im Blut. Jetzt in der Felswohnung verflüchtigte sich durch die Konzentration auf den Freund das Krachen und Klirren des Sturms für seine Wahrnehmung; im Geist befand er sich in Kaparnum. Er sah den Kahen in seinem Blut liegen. Simons Magen schnürte sich vor Entsetzen zusammen. Seine Brüder hörten ihn stöhnen. Sicher litt er unter dem Sandstaub. Asarja hielt ihm eine Schale Wasser an die Lippen. Der Bruder reagierte nicht. Er kniff ihn in die Arme – keine Reaktion. Simon sah Soldaten in die Papyrusboote steigen. Sie wussten nicht, wie diese Art Boote zu handhaben waren. Einige stürzten bereits bei den ersten Ruderbewegungen ins Wasser. Simon hörte Flüche und Verwünschungen. Endlich setzten sich die Boote in Bewegung. Aus dem Wasser ragten spitze Ohren. Und dann erhoben sich massive Kolosse mit aufgesperrtem Rachen. Boote zersplitterten, Wasser spritzte. Simon spürte das Wasser sogar körperlich – doch es war nicht das Wasser des Heimatsees, sondern das Wasser, das Asarja ihm ins Gesicht goss, und das Getöse stammte nicht von den Flusspferden, sondern von dem tobenden Sandsturm. «Simon ist wieder bei uns», sagte Asarja erleichtert.

Simon fing unbändig zu lachen an: «Die Flusspferde, das solltet ihr gesehen haben.» Doch mit trauriger Stimme fügte er hinzu: «Unser Kahen ist tot.» Er brach in Tränen aus. Hanna nahm ihren Jüngsten in die Arme. Der junge Mann, der mehr wusste und mehr verstand als jeder andere, war wieder das kleine Kind, das den Schutz der Mutter suchte. Hanna fuhr mit der Hand tastend in ihren Reisebeutel. Sie fand, was ein Kind brauchte: ein Häppchen Dattelkuchen aus der Heimat. Der kleine Simon hatte

Dattelkuchen heiss geliebt. In der Trauer, die die innere Schau ausgelöst hatte, war das blosse Angebot Trost genug. Der grosse Simon lächelte und sagte: «Mama, das ist für die Grosskinder.» Es war aber nicht nur für die Grosskinder. In dem persönlichen Karawanengepäck, das die Angehörigen von Menachem in die Felswohnung gebracht hatten, gab es einen reichlichen Vorrat an Dattelkuchen. Während draussen gerade die Welt unterging, assen die Eingeschlossenen mit brennenden Augen und knirschenden Zähnen gemütlich Dattelkuchen.

Wie mochte es wohl draussen aussehen? Sie hatten von Oasen gehört, welche vom Sand vollständig zugeschüttet worden waren, sodass dort keine Menschen mehr leben konnten. Nun war offenbar Ineti von einem solchen Schicksal getroffen worden. Die Sandschicht musste bereits eine gewaltige Höhe erreicht haben. Das Geklirr und Getöse des Sturms drang nur noch wie durch einen dicken Teppich zu ihnen. Ob sie die Tür gegen die Sandmauer überhaupt noch aufstossen könnten? Als nach langer Zeit endgültig Grabesstille herrschte, versuchten sie es mit vereinten Kräften. Zu ihrem Erstaunen flog die Tür wie von selbst auf, auch ein Kind hätte sie öffnen können. Sie trauten ihren Augen kaum. Der Sand hatte sie nicht begraben. Zwar lag überall eine rote Staubschicht, drinnen wie draussen, doch die Oase war unversehrt geblieben. Der See war weder gelb noch rot, sondern blau, die Palmen zerzaust, aber ungebrochen. Das Erstaunlichste: Die Oase war auf einmal blitzsauber. Der heftige Wind hatte zwar Massen von Sand durch die Oase getrieben, aber gleichzeitig auch wieder fortgetragen und dabei erst noch allen Unrat weggepustet. Kein Schweine- oder Hundekot oder sonst irgendwelche Arbeitsabfälle waren zu sehen. «Gottes energischer Besen», murmelte Simon beglückt. Einzig die Sonne sah immer noch aus, als ob sie durch eine Schicht von Kamelmilch schiene.

Im Frühstückstal

Sie zogen weiter von Oase zu Oase. Oft dauerte es mehrere Tages-
oder auch Nachtreisen, bis sie wieder eine grüne Insel mit Wasser
erreichten. Menachem, der als Salzhändler und Karawanenführer
die grosse Wüste mehrmals durchquert hatte, versuchte es so
einzurichten, dass sie den Sabbat jeweils in einer Oase feiern
konnten. Für Simon wurde der Sabbat allmählich gleichbedeutend
mit Oase. Ohne Oasen gab es in der Wüste für Menschen kein
Leben. War nicht der Sabbat auch ausserhalb der Wüste so etwas
wie eine Oase? In der Oase fanden Menschen und Tiere Wasser,
das Leben schenkte. In gleicher Weise erlaubte der Sabbat ein
Auftanken der Seele. Das Leben war ein grosses Drama, ein Fressen
und Gefressen-Werden. Sie selber waren ja auf der Flucht vor
einem König, der sie auslöschen wollte. Die Grossen zertraten die
Kleinen, die Mächtigen die Machtlosen, Witwen und Waisen
waren der Habgier der Reichen ausgeliefert. Die Beta Israel aber
kannten aus ihren heiligen Schriften einen Gott, der ein ganz
anderes Leben wollte. Am Sabbat liess man sich von diesem ganz
anderen Leben erfüllen und schickte sich an, die Schrecklichkeiten
des Lebens dem Willen Gottes anzupassen, den Himmel auf die
Erde herabzuholen. Simon wusste, dass es ohne den Sabbat auf der
Welt noch viel schrecklicher gewesen wäre. Die Beta Israel beteten,
dass der Sabbatfriede sich eines Tages auf dem ganzen Erdkreis
ausbreiten werde.

Meist waren sie auf ihrer Flucht durch Felsentäler oder über
Geröllebenen gewandert oder geritten. Einmal hatte Menachem
seine Enkelkinder gefragt: «Wie habt ihr euch in Kaparnum die
Wüste vorgestellt, durch welche euer Grossvater immer wieder
reiste?»

«Wir haben uns die Wüste genauso vorgestellt, wie sie eben ist:
Felsen, Felsen und noch einmal Felsen und dazwischen Täler mit
Kies oder Geröll», antworteten die Kinder. «Da kann man sich
doch gar nichts anderes vorstellen.»

«Oh doch», meinte der Grossvater mit einem Lächeln. «Dort, wo wir hingehen, stellen sich die Kinder die Wüste als schön geformte Sandhügel vor.»

Die Enkel und Enkelinnen staunten: «Eine unendlich grosse Wüste aus lauter Sandhügeln? So etwas kann man sich doch gar nicht vorstellen, das gibt es doch gar nicht.»

«Es muss es aber geben», fand der pfiffige Perez, «von irgendwoher muss doch der Sand gekommen sein, vor dem wir in Ineti in die Felsenwohnungen geflüchtet sind.»

«Richtig, mein Kind», lobte Menachem den Enkel, «Windhosen haben den Sand aus der Sandhügelwüste emporgesogen und über die Felsenwüste getragen.»

Von Sandhügeln war an ihrem fünfzigsten Reisetag noch nichts zu sehen. Sie befanden sich in einem weiten Felsental mit Schotter und grünen Dornbüschen. Sie waren diesen Dornbüschen schon mehrmals begegnet und wussten, dass man die Blätter kauen konnte; sie enthielten eine salzige Flüssigkeit. An solchen Stellen kamen sie nur ganz langsam vorwärts, weil sie den Kamelen Gelegenheit geben wollten, an den Büschen zu knabbern. Am Nachmittag erreichten sie einen offenbar bekannten Schlafplatz, jedenfalls waren sie nicht die einzige Karawane. Arabische Händler, die in der Gegenrichtung reisten, hatten sich ebenfalls hier niedergelassen. Der Schlafplatz war gross genug für beide Karawanen. Er bestand aus einer sehr grossen Brandfläche. Reisende sorgten immer wieder durch Brände dafür, dass keiner der Büsche nachwuchs, von denen der Schlafplatz umgeben war, und so hielten es auch Menachems Leute. Das Brennmaterial hatten sie schon im Verlauf des Tages gesammelt, es bestand aus dürren Zweigen der Dornbüsche, aber auch aus Wurzeln kleiner Pflanzen. Der sichtbare Teil der grünen Winzlinge war Futter für die Kamele, doch der für die Menschen wichtige Teil waren die Wurzeln, die sehr viel grösser waren als die sichtbaren zähen grünen Blätter. Die Wurzeln bohrten sich tief in den

Wüstenboden. Wüstenbewohner mussten sich etwas einfallen lassen, um zu Brennholz zu kommen.

Die Kinder wunderten sich, warum die Reisenden sich bemühten, den grossen Schlafplatz immer neu mit Bränden zu belegen. «Morgen, wenn die Sonne aufgeht, werdet ihr sehen, warum wir Reisenden das so handhaben», erklärte der Grossvater, «ihr müsst mir aber hoch und heilig versprechen, den Brandplatz nicht zu verlassen. Bleibt in den Zelten, bis wir euch rufen. Ihr werdet noch vor dem Frühstück Erstaunliches, sogar Gefährliches, entdecken, aber euch wird nichts passieren, wenn ihr nicht aus dem Brandplatz hinausgeht.» Die Kinder waren ganz aufgeregt. Was würde sich wohl am Morgen vor ihren Augen abspielen? Auch Simon war neugierig; im Gegensatz zu seinen Brüdern hatte er diese Reise ja noch nie gemacht.

In der Morgendämmerung rief Menachem die Kinder zu sich und beobachtete mit ihnen das Schauspiel, das sich ihnen darbot. In der Nacht hatten die Dornbüsche Tau angezogen. Vom Tau lebten jedoch nicht nur die Büsche, sondern auch die niedlichen Buschratten, die aus ihren Löchern hervorkrochen. Sie stellten sich auf die Hinterbeine und leckten die Dornen gierig ab. Dass die Buschratten am Morgen ihren Durst stillten, wussten wiederum die hochgiftigen Vipern, die aus den Felsen in die Ebene hinabglitten. «Die recht grossen Vipern können ihre Feinde von doppelt so weit, wie sie selber lang sind, direkt anspringen und zubeissen», warnte der Grossvater, «doch wenn wir im Abstand von drei Vipernlängen ruhig stehen bleiben, fühlen sie sich von uns nicht bedroht.» Gross und Klein konnte zusehen, wie die Schlangen wie aus dem Nichts die trinkenden Buschratten ansprangen und mit einem Biss lähmten. Sobald eine Buschratte tot war, öffneten die Vipern ihr Maul weit genug, um sich das Opfer einzuverleiben.

Die Männer von der anderen Karawane, aber auch ihre eigenen amharischen Begleiter erschlugen an anderer Stelle des Brandplatzes einige Schlangen und brieten sie zum Frühstück. Für die Beta Israel ein Gräuel. Am Himmel kreisten hungrige Falken, die ab und zu im freien Fall herabschossen und ebenfalls eine Schlange packten. Es war für Menschen und Tiere Frühstückszeit.

Die singende Wüste

Es war der dreiundsechzigste Tag seit ihrer Abreise aus Kaparnum. Staunend stellten die Kinder fest, dass die grosse Wüste tatsächlich nicht nur aus Felsen und Schottertälern bestand. Sie waren stundenlang mächtigen Sanddünen entlanggezogen und hatten schliesslich die Oase Yehaschewa erreicht. Hier gedachten sie den Sabbat abzuwarten, denn bis zur nächsten Oase waren es, wie Menachem betonte, wieder sechs volle Tagereisen, manchmal auch Nachtreisen. Es sah überall genau gleich aus: Sanddünen, Sanddünen, Sanddünen. Nicht die geringste Veränderung in der Landschaft, keine besonderen Felsformationen oder Täler, dank derer man den Weg hätte finden können. Die Sanddünen waren eine Wüste, in der man sich verirren konnte, eine schöne, aber gefährliche Wüste. Man musste sich an den Himmelsweg der Sonne oder an die Sterne halten, um nicht eine falsche Richtung einzuschlagen oder sich im Kreis zu drehen beim Suchen der niedrigsten Dünen, die es zu überschreiten galt. Die Oase Yehaschewa kam Simon vor wie ein Schiff auf den Wellen des heimatlichen Sees, ein riesengrosses Schiff, die Sandwellen sehr viel höher als die Wellen auf dem Genezesee.

In Yehaschewa waren viele Menschen erkrankt. Die ansässigen Imazighen waren nicht nur dankbar für ein paar Blöcke Salz und zwei, drei Haritücher, sondern auch für die mitgeführten Myrrhe-, Weihrauch- und Kuhfladenmedikamente. Hanna und ihre Töchter und Schwiegertöchter besuchten die Kranken in ihren Hütten. Hanna erkannte sofort, dass die Krankheit die Folge von Mückenstichen war. Die Tränklein, welche die Menachemfrauen den Kranken verabreichten, senkten das Fieber; den Rest musste Gott besorgen – oder die Wasser- und Baumgötter, wie die Imazighen in ihre Sprache übersetzten.

Wegen der Mücken war an ein Übernachten unter freiem Himmel nicht zu denken. Die Flüchtlinge aus dem Aksumreich zogen sich in die Herbergshütten zurück. Sie zündeten kleine

Holzkohlenfeuer an und legten Weihrauchstücke in die Glut, was die Mücken von den Hütten fernhielt.

In der Wüste hatten Menschen immer wieder Begegnungen mit Gott. Simon befand sich seit über sechzig Tagen in der lebensbedrohenden Umgebung, wo man auf Schritt und Tritt von Gott abhängig war. In der Nacht in Yehaschewa kam nun noch der in Trance versetzende Weihrauch dazu. Eine Begegnung mit Gott war also geradezu vorprogrammiert. Bereits beim Einschlafen dachte Simon darüber nach, wie sich wohl Gottes Stimme angehört haben mochte, als er mit seinem Freund Mose redete, zuerst in der Wüste beim Dornbusch und später auf dem Berg Sinai. Jetzt kannte er den Klang der göttlichen Stimme, denn nun begann Gott auch mit ihm zu sprechen. Es war eine Art Gesang, eine tiefe, dunkle Stimme, wie das Summen von tausenden von Bienen, nur viel intensiver und lauter, ein liebevolles, vertrauenerweckendes Brummen. Und es war in der Tat dieselbe Stimme, die zu Mose gesprochen hatte. Auch zu ihm, zu Simon Beta Israel, sprach Gott die uralten Worte: «Ich bin, der ich bin; ich bin der Gott, der sich ereignet.» Nach dieser Anrede fuhr Gott fort: «Mich kann man nicht einfach besitzen wie eine Götterstatue. Ich ereigne mich immer wieder neu. Wer stehen bleibt, selbst im Glauben, verpasst mich; wer sich dagegen bewegt, bei dem ereigne ich mich. Simon, Simon, ich habe dich auf den Weg geschickt, weil ich mich dir auf besondere Art und Weise offenbaren will. Auf dich wartet eine grosse Aufgabe. Das verheisst dir der Ich bin, der ich bin.»

Der Traum war wie eine innere Wüstenwanderung von Oase zu Oase. Simon fühlte sich eingehüllt in die Gegenwart Gottes, der sich ihm soeben ereignet hatte. Mit Bedauern merkte er, dass er am Aufwachen war, er wehrte sich dagegen, er wollte weiter von der Gegenwart Gottes träumen, doch er wusste, dass er nicht stehen bleiben durfte. Wer stehen blieb, bei dem ereignete Gott sich nicht mehr. Er schlug die Augen auf. Gottes Gegenwart war auch im Wachzustand noch da. Er hörte Gott weiterhin ganz laut brummen. Oder war er etwa gar nicht aufgewacht? Um sich zu beweisen, dass er wach war, sprang er von seiner Lagerstatt auf. Seine Brüder waren ebenfalls aufgestanden, sie lächelten geheimnisvoll. Auch sie hörten das Brummen und Summen. Sie schienen etwas zu wissen, was er nicht wusste. Seltsam, denn wenn es um Gott ging, war meist er derjenige, der mehr wusste als die anderen. Sie traten vor die Hütte. Sie waren nicht allein. Die Oasenbewohner mit demselben wissenden Lächeln wie Menachem und die Brüder, die Frauen und Kinder, die zum ersten Mal durch die Wüste reisten, alle waren sie da, mit seltsamem Gesichtsausdruck, teils fast verängstigt. Es war immerhin der Schöpfer von Himmel und Erde, dessen Stimme laut durch die Wüste rief. An den Dattelpalmen bewegten sich die Zweige, doch ihr Rauschen war nicht zu hören, die Stimme Gottes war stärker als jeder andere Klang. Aber es schien einen Zusammenhang zu geben zwischen den Bewegungen der Palmzweige und der Stimme Gottes, denn als der Wind die Zweige nicht mehr bewegte, verstummte auch die göttliche Stimme.

Was hatten sie gerade erlebt?

«Kommt», sagte Menachem. Was sollte die Aufforderung? Menachem lächelte wieder sein geheimnisvolles Lächeln. Sie folgten ihm auf einen Sandhügel. Oben angekommen setzte er sich hin. Mit den Händen am Gesäss gab er sich einen Stoss, und hui! glitt er durch den Sand abwärts, begleitet von der Stimme Gottes, die bei seinem Rutschen wieder zu brummen und zu summen angefangen hatte. Die Söhne und Knechte taten es ihm gleich, doch liessen sie sich nicht geradlinig abwärtsgleiten, sondern zogen Schleifen. Bei jeder Veränderung ergab sich ein anderer Ton. Die Kinder jauchzten über das Gebrumm, das ihr Rutschen verursachte. Simon blickte wie um Erlaubnis bittend himmelwärts und begann zu stampfen, was einen trommelartigen Klang auslöste. Aus der Oase eilten freudig Frauen, Männer und Kinder mit Flöten und Saiteninstrumenten hinzu. Zum Rutschen und Gleiten der Fremden bliesen die Oasenleute in die Flöten, zupften an den Saiten und drehten die Leier. Es war ein herrliches Konzert, für Simon ein Konzert zum Lob Gottes. An diesem Tag hatte Gott sich durch Wind, Sand, Rutschen und Musikinstrumente ereignet. Während er selber durch Rutschen Gebrumm und Gesumm erzeugte, dachte er an seine Kinderspiele mit Zafi, wenn sie in unmittelbarer Nähe zum Wasserfall im reissenden Strom in die Tiefe getaucht waren und den Steinen gelauscht hatten, die unter der Berührung des Wassers aufs lieblichste musizierten. Es gab ihm einen Stich ins Herz, dass er befürchten musste, seinen Sohn weder in das Geheimnis der singenden Steine noch in das Brummen der singenden Wüste einführen zu können. Er setzte sich unter eine Palme. Bis zum Beginn der Sabbatruhe dauerte es noch Stunden. Auf ein Papyrusblatt schrieb er einen Brief an seinen Freund. Er hoffte eines Tages einer Karawane zu begegnen, welche in Richtung Aksum unterwegs war. Den Brief würde er jeden Tag küssen, und Zafi-Jonathan würde den Kuss an Rufi weitergeben, sofern es für ihn überhaupt noch möglich war, den Schutz der Insel zu verlassen.

Es regnet Milch

Dass die Kinder in Bahir, dem ehemaligen Kaparnum, sich die grosse Wüste als eine Weite mit Felsen, Kies und Schotter vorstellten, war begreiflich, denn soweit sie von ihrer Hochebene aus in die Ferne hatten blicken können, hatten sie nie etwas anderes gesehen und auf ihrer Flucht zwei Monate lang auch nichts anderes erlebt als Felsen, Kies und Schotter. Aus demselben Grund stellten sich die Kinder in Kyrene auf der anderen Seite der Einöde die Wüste als eine endlose Landschaft aus Sanddünen vor. Für sie gab es nur Sand.

Dass die Wüste etwas anderes sein konnte als Felsen und Schotter, erlebten Menachems Grosskinder nun seit gut zwanzig Tagen: im Morgen- und im Abendrot wunderschöne, wie Feuer glühende Sandberge, in der Hitze des Tages pures Gold und in der Nacht, wenn der Mond und die Sterne am Himmel erschienen, geheimnisvolle silberne Hügel. Je nach Beschaffenheit des Sandes oder Stärke des Windes begannen die feurigen, goldenen oder silbernen Berge zu singen oder blieben stumm und liessen sich selbst durch Hinunterrutschen nicht zum Klingen bringen.

Es war eine gefährliche Flucht. Nicht wegen der Verfolger, diese hatten sie längst hinter sich gelassen. Die Flucht war auch nicht gefährlicher als jede Karawanenreise, die Menachem ohnehin immer wieder unternahm. Allfällige Räuber waren gut bezahlt und hätten mit der Rache der Imazighen rechnen müssen, wenn sie Menachems Karawane überfallen hätten. Es waren die üblichen Gefahren, mit denen Menachem zu rechnen hatte, bei früheren Reisen allerdings nur in Begleitung wüstenerprobter Männer, jetzt auf der Flucht mit Frauen und Kindern. Doch Gott hatte seine Beta Israel bewahrt, er war ein treuer Wüstengott. Kein Steinschlag hatte sie getroffen, in den Sandstürmen waren sie nicht erstickt, sie waren auch von keiner Schlange gebissen und von keinem Skorpion gestochen worden. Die Hitze am Tag und die Kälte in der Nacht hatten sie ebenfalls gut gemeistert. Sie hatten immer rechtzeitig eine Oase erreicht, sie waren weder verdurstet noch verhungert. Vielleicht hatte Gott sie beschützt, weil er Grosses mit Simon vorhatte, aber vielleicht hatte die Gunst der Reise auch weniger mit Gott zu tun als vielmehr mit den Wüstenkenntnissen Menachems. Für Simon waren die Erfahrungen und Kenntnisse des Vaters allerdings genau das, wovon er sagte, Gott ereigne sich in den menschlichen Beziehungen und Fähigkeiten, Menschen seien Gottes Hände und Füsse. Doch das war höheres Denken, das weder Menachem noch Simons Brüder verstanden. Für sie war Simon ein Mensch, der in einer besonderen Welt lebte – aber eines war ihnen klar: In ihm war Gott am Werk.

Am fünfundachtzigsten Tag ihrer Flucht nahmen sie zum ersten Mal wieder etwas anderes wahr als Sanddünen. Berge, die aus der Ferne blau erscheinen, sind Berge mit Wasser. In der alten Heimat, im verlorenen Paradies, hatten die Heimatberge des grossen Flusses blau ausgesehen. Und in der Ferne tauchten nun ebensolche blauen Berge auf. Nach zwei weiteren Tagen erreichten sie den Fuss der Berge, die aus der Nähe nun nicht mehr blau aussahen, sondern aus schwarzen Felsen und grünen Wiesen bestanden. Die Kamele beschleunigten ihre Schritte, sie rochen Gras, echtes Gras, und Wasser. Zudem waren sie nicht zum ersten Mal in dieser Gegend – Kamele haben ein ausgezeichnetes Gedächtnis. Stundenlang ging es nun aufwärts. Aus einem Bach schöpften die Flüchtlinge frisches Wasser. Auf einer Hochebene mit Gras und Bäumen schlugen sie ihre Zelte auf. Simon fühlte sich fast wie in der alten Heimat. Er hatte sogar Ansätze von Wald gesehen. Er war im Männerzelt bereits fest eingeschlafen, bevor ihn das Schnarchen der Brüder daran hätte hindern können.

Die Männer hätten wohl noch länger geschlafen an diesem Ort der Geborgenheit, wenn nicht das Geschrei der Kinder sie beim ersten spärlichen Tageslicht geweckt hätte: «Was ist das?», schrie eines der Kinder.

«Schmetterlinge!», rief ein anderes.

«Nein, Milch», staunte wieder ein anderes, «es regnet Milch!»

Simon trat vor das Zelt – und staunte. Auch er fragte sich: «Was ist denn das?» Es war Tag, aber doch nicht Tag. Der Himmel war wolkenverhangen. Es schwebten tatsächlich so etwas wie Schmetterlinge herunter. Milch jedenfalls war es nicht, das erkannte Simon augenblicklich, Milch würde wie Regen mit grosser Geschwindigkeit fallen – doch Milch regnete es ohnehin nirgends, nicht einmal im Märchen. Auch Menachem und die Brüder rieben sich ungläubig die Augen. Sie hatten die Wüste zwar noch nie in der Sandsturmzeit durchquert, doch was da vom Himmel herabschwebte, war jedenfalls bestimmt kein Sand. Was in aller Welt waren das für Schmetterlinge, die sich auf dem Boden wie zu Butter verfestigten? Zu sehr kalter Butter. Die Kinder füllten ihre Hände mit der weissen Masse. Verblüfft stellten sie fest, dass sie in ihren Händen zu Wasser wurde. Neugierig, aber auch misstrauisch lutschten sie an ihren Fingern. Was das nur war?

«Ich hab's», meinte Simon mit einem Mal. «Es gibt ein ganz seltenes Wort, ich habe es noch nicht sehr oft gehört.» Er legte seine Stirn in Falten. «Wie heisst es bloss? *Beredo* oder so ähnlich. In unseren heimatlichen blauen Bergen, wo der Fluss herkommt, da soll auf den allerhöchsten Gipfeln *Beredo* liegen, weisses festes Wasser. Das gibt es nur, wenn es ganz kalt ist.» Nachdenklich liess er die weisse Butter in den Händen zu Wasser werden.

Auch Menachem griff in die Butter. «Das also ist *Beredo*», meinte er. «Die Berge hier sind weniger hoch als bei uns, aber in Kyrene ist es in der Tat weniger heiss als bei uns. Also kann in der Sandsturmzeit hier im Norden *Beredo* liegen.» Plötzlich zuckte er zusammen. Lauseenkel Zephanja hatte eine Butterkugel geformt und damit nach dem Grossvater geworfen. «Warte nur, Kleiner!» Menachem tat es dem Lauseenkel gleich und traf ihn an der Schulter. Ehe sie wussten wie, entstand zwischen Gross und Klein eine lustige Beredoschlacht, an der auch die Knechte teilnahmen. Die Kamele standen daneben und schauten zu; sie scharrten mit ihren Füssen die kalte nasse Butter weg und labten sich an frischem leckerem Gras.

Aus der Wüste kommend waren sie den Umgang mit nassen Zelten nicht gewohnt. Wie sollten sie diese nun zusammenpacken? Zudem wollten die Schmetterlinge gar nicht zu tanzen aufhören und es wurde auch gar nie richtig Tag. Da ohnehin in wenigen Stunden der Sabbat anbrechen würde, beschlossen sie, an Ort und Stelle zu bleiben. Doch woran sollten sie erkennen, wann Sonnenuntergang sein würde, sodass sie die Königin Sabbat begrüssen konnten? Die Butterschicht am Boden wurde immer höher. Aber sie hatten Spass mit dem unbekannten Phänomen. Mutter Hanna hatte herausgefunden, dass die handgemachten Butterbälle immer grösser wurden, wenn man sie am Boden rollte. Sie war sehr erfinderisch. Auf eine grosse Kugel setzte sie eine zweite Kugel und oben drauf noch einmal eine kleinere. Dann überlegte sie. Aus dem Materialzelt holte sie zwei Datteln. Ob sie dabei bereits an Augen gedacht hatte, wusste sie später nicht mehr, doch bewusst setzte sie daraufhin ein Stück Holz als Nase ein und formte aus Grashalmen einen Mund. Die Kinder jauchzten: «Ein Mann, ein Beredomann!» Asarja, Jabes, Gadi, Ramalja und ihre Frauen waren derweil mit demselben Material anderweitig beschäftigt. Sie verwendeten Butterbälle als Bausteine und errichteten damit ein echtes weisses Beta-Israel-Rundhaus. Die Begeisterung der Kinder war grenzenlos.

Das Beredogestöber hatte endlich aufgehört, doch der Himmel blieb verhangen. Menachem hatte keine Ahnung, ob die Sonne bereits am Untergehen war. Simon und er beschlossen, dies sei der Fall, und so begannen sie – zur richtigen oder zur falschen Zeit –, die Sabbatgebete zu singen. Simon hatte sich an den *Beredo*-Lustbarkeiten nicht lange beteiligt, sondern sich in das Männerzelt zurückgezogen. In der Heimat hätte er zusammen mit dem Kahen in der Mesgid in den Schriftrollen nach *Beredo* geforscht, nun war er auf sein Gedächtnis angewiesen. In der Stille wurde ihm bewusst, dass *Beredo* in der Schrift *Schnee* genannt wird. In

Gedanken ging er durch mehrere Schriftrollen. Die Gedächtnisarbeit lohnte sich. Ein Wort aus dem Hiobbuch tauchte aus dem Urgrund seiner Seele auf. Im Hiobbuch gab es nebst vielen anderen Naturerscheinungen auch Schnee und Eis. Schnee könnte das sein, was sie *Beredo* nannten. Eis war noch einmal etwas ganz anderes, das würden sie vielleicht auch noch erleben. Ob Eis auch so etwas wie Wasser war? Hagel war ja auch Wasser, und Hagel kannten sie. In Kaparnum hatte es manchmal gehagelt, und am Boden hatte der Hagel auch so ähnlich wie Butter ausgesehen. Nun erinnerte er sich an den ganzen Text. Bei den Sabbatgebeten trug er ihn singend vor:

Gott donnert wunderbar.
Mit seiner Stimme tut er grosse Dinge,
die wir nicht verstehen.
Denn dem Schnee gebeut er:
«Falle zur Erde.»
Dem Guss der Regen:
«Werdet mächtig!»
Alle Menschen schliesst er ein,
dass alle Sterblichen sein Tun erkennen.
Da gehen die Tiere in ihr Versteck
und bleiben in ihrer Behausung.
Aus der Kammer des Südens kommt der Sturm,
und von den Nordwinden kommt die Kälte.
Vom Hauche Gottes gibt es Eis,
und die weiten Wasser liegen in Haft.
Auch mit Hagel belastet er das Gewölk,
die Wolke streut seinen Blitz aus,
und der zuckt hin und her, wie er ihn steuert,
dass sie alles verrichten, was er ihnen befiehlt.

Die Kinder baten inständig, in der Beredohütte schlafen zu dürfen, was der Grossvater schliesslich erlaubte, doch bat er Asarja, seinen Ältesten, sich zu den Kindern zu legen. Man konnte nie wissen ... Menachem war ein Mann, der selbst mit einem gewaltigen

Sandsturm zurechtkam, doch das Beredophänomen war ihm unheimlich. Wie, wenn der *Beredo* sich in der Nacht in Wasser verwandeln würde? Von den zauberhaft weissen Bäumen jedenfalls tropfte es bereits.

Es war eine kalte Nacht. Am Sabbatmorgen begrüsste sie ein heller Sonnenstrahl. Und nun erlebten sie ein zweites Wunder. Die Zypressen trugen wie gewohnt ihre braunen Zapfen, doch an allen Bäumen – auch an den Zypressen – hingen noch weitere Zapfen, durchsichtige, sehr spitze Zapfen. Simon hoffte, dass er nichts Falsches sagte, als er diese Zapfen Eis nannte.

In der Wüste auf den heissen Felsen, im heissen Geröll und im Sand waren die Menachemleute froh gewesen, Latschen an den Füssen zu haben. Kälte war ihnen zwar nicht fremd, doch auf kaltem *Beredo* zu gehen, war doch etwas völlig anderes. Die Kinder machten daraus ein neues Spiel. Sie rannten mit nackten Füssen durch den *Beredo*, bis sie es nicht mehr aushielten, dann legten sie sich vor Kälte schreiend und lachend auf den Rücken, streckten die Füsse ihn die Höhe und liessen sie von den Müttern warmküssen und warmmassieren. Als die Sonne am Himmel höher stieg, wurde es warm und wärmer, was dem Beredomann gar nicht bekam. Er begann zu weinen, dann verlor er als erstes die Nase, danach den Mund und schliesslich weinte er sich die Augen aus dem Kopf und fiel zu Boden. Dem Beredohaus erging es nicht besser; am Mittag brach es in sich zusammen. Und als der Sabbat zu Ende war, war auch der gesamte *Beredo* zu Ende; er hatte sich aufgelöst.

Wik'iyanosi

Aus der Dünenwüste waren sie in eine grüne Bergwelt hinaufgestiegen, sie waren schliesslich sogar auf eine Hochebene mit Bäumen und Schnee gelangt, und nun kam der Abstieg in wieder wärmere, fruchtbare Gefilde. Sie begegneten Hirten mit Ziegen- und Rinderherden. Simon hatte festgestellt, dass bereits die Wüstenimazighen hellere Haut hatten als die Bewohner des aksumischen Reichs. Die Menschen auf der anderen Seite der grossen Wüste hatten nun noch einmal eine hellere Hautfarbe, manche waren geradezu weiss. In Kaparnum – oder Bahir, wie die Heimatstadt jetzt hiess – waren gelegentlich Händler aufgetaucht, die ebenfalls ganz anders aussahen, eine andere Hautfarbe, andere Nasen- und Lippenformen hatten, Männer mit Bart oder ohne Bart, mit glattem oder mit krausem Haar. Den einen Händler mit dem weissen oder gar eher gelben Gesicht und den Mandelaugen hatte Simon nie vergessen. Aber das waren immer Männer gewesen, nie Frauen, und immer nur einzelne, und als einzelne waren diese Händler immer Fremdlinge gewesen. Doch nach der drei Monate dauernden Fluchtreise waren auf einmal die Menachemleute die Fremdlinge. Auf den Feldern blickten ihnen die Frauen und Männer nach, als ob sie noch nie dunkelhäutige Menschen gesehen hätten. In einem Dorf rannten die Kinder angstvoll schreiend vor ihnen davon. Die Erwachsenen waren jedoch sehr freundlich. Die Menachemleute brauchten keine Zelte aufzuschlagen, man nahm sie in die Häuser auf. In ungewöhnliche Häuser, nicht runde, sondern solche mit Ecken, und auf den Strohdächern fiel Simon so etwas wie ein weiteres Häuschen auf, aus welchem Rauch aufstieg. Die Frauen kochten seltsamerweise nicht vor, sondern in den Häusern, und der Rauch zog durch das Dachhäuschen ab. Mit einer Handmühle mahlten die Köchinnen den Weizen kurz zu einer körnigen Substanz. Diese befeuchteten sie mit Wasser und formten aus der Masse dann Kügelchen. In einem grossen Kessel kochten sie Gemüse und Fleisch. Über den Gemüse-Fleisch-Topf setzten sie ein Sieb mit den Kügelchen, die sich im Dampf goldgelb färbten. Die Frauen nannten die gedämpften Kügelchen KusKus. Ein fremdartiges Essen, doch es schmeckte ausgezeichnet. Das Fleisch rührten die Menachemleute lieber nicht an. Es war bereits ein Verstoss gewesen, dass sie in der Wüste den Sabbat nicht immer genau hatten einhalten können. Sie wollten nun nicht ein weiteres Gebot verletzen und auch noch ungeschächtetes Fleisch essen. Mit dem Verzehr des KusKus waren sie allerdings nicht konsequent, denn der Kochdampf stammte nebst dem Gemüse auch von ungeschächtetem Fleisch – aber wenigstens war nicht auch noch Milch dabei. Sie hatten sprachlich Mühe, den Gastgebern zu erklären, warum sie das Fleisch nicht assen. Vom Kahen und von Händlern hatte Simon etwas Griechisch gelernt und auch unter den örtlichen Bauern sprachen einige ein paar Brocken Griechisch. Ansonsten unterhielt man sich in Zeichensprache, was auf beiden Seiten mehrmals grosses Gelächter auslöste. Die Kinder, die sich versteckt hatten, wagten sich auch wieder hervor. Die Haare der Männer, Frauen und Kinder von der anderen Seite der grossen Wüste hatten es ihnen besonders angetan. Sie liebten es, den Aksumgästen über die Haare zu fahren. Ein Junge wollte es genau wissen. Er zeigte immer wieder zuerst auf seine Knie und dann auf die Gäste. Schliesslich begriff Simon. Er schob seine Schamma hoch. Der Junge begutachtete Simons dunkelhäutiges Bein und berührte wissbegierig die Knie. Simon verstand die Frage und bewegte gehorsam das Bein. Der Junge nickte befriedigt. Er hatte herausgefunden, dass die Gäste gleich wie sie Knie hatten. Jetzt wusste er, dass sie Menschen beherbergten. Er setzte sich voll Vertrauen auf Simons Schoss. Simon legte den Arm um das Kind. Er hatte Tränen in den Augen; er dachte an seinen Sohn. Der grosse Dunkelhäutige und der kleine Hellhäutige genossen die körperliche und seelische Nähe, die zwischen ihnen entstanden war.

Mutter Hanna als Kräuter- und Heilfrau kümmerte sich wie schon in den Oasen um die Kranken. Sie verabreichte Kräuter, Salben und Tränke, die sie mit sich führte, aber sie war auch interessiert daran, selber dazuzulernen. Auf dieser Seite der Wüste kultivierten die Bauern eine Pflanze, welche sie Hanf nannten. Als Tee wirkte die Hanfpflanze muskelentspannend. Die Dorfbewohner wiederum waren an Seide und Salz sehr interessiert. Zum ersten Mal sah Simon römisches Geld. Der Mann auf den Münzen war der Caesar über das Imperium, in dessen Mitte ein grosses Meer lag, das sie bald sehen würden. Auch im aksumischen Reich gab es Münzen, doch diese konnten am anderen Ende der Wüste nicht eingetauscht werden, da niemand ihren Wert kannte. Beim Wüstenhandel tauschte man Ware gegen Ware, jetzt konnten sie römisches Geld entgegennehmen, denn sie befanden sich im Imperium Romanum.

Nach einem gesunden Schlaf und einem Frühstück mit KusKus beluden sie die Kamele, die ebenfalls aufs Beste getränkt worden waren. Der Junge, der sich für die Knie der Gäste interessiert hatte, schenkte Simon zum Abschied ein Stück Zedernholz, das er mit einem scharfen Messer zu einem Kamel geschnitzt hatte. Doch der Knabe erwartete seinerseits ebenfalls ein Geschenk, und durch Zeichen drückte er unmissverständlich aus, was er wollte. Auch diesmal verstand Simon augenblicklich. Er nahm das scharfe Messer, das ihm die Kinderhand entgegenstreckte, entgegen und säbelte sich ein Büschel Kraushaar vom Kopf. Der Junge war überglücklich und Simon zutiefst gerührt.

In den Tälern, die sie durchreisten, arbeiteten die Bauern auf den Feldern. Ochsen zogen Pflüge, Männer streuten Saatgut aus. Wieder starrte man sie an, zum Teil, weil es nicht die übliche Zeit für Karawanen war, doch zum Teil auch diesmal eher, weil man noch nie dunkelhäutige Menschen gesehen hatte.

Nach einigen Stunden öffnete sich der Blick in die Ferne. «Wik'iyanosi! Wik'iyanosi!», riefen alle begeistert und umarmten sich: «Das Meer! Das Meer!» Doch es war nicht nur das Meer, dessen Anblick sie entzückte; direkt unter ihnen lag die grosse Stadt Kyrene.

Kyrene

Kyrene lag, wie Simon feststellte, am Ende der Hochebene, die Burg fast uneinnehmbar auf einem Felsvorsprung, auf der begehbaren Seite geschützt durch eine Stadtmauer. Die Einwohner, die meisten mit griechischer Muttersprache, nannten die Burg Akropolis. Man betrat sie durch ein Tor, an dessen rechter und linker Seite zwei mächtige Türme standen. Die eindrücklichsten Gebäude auf der Akropolis waren der Apollo- und der Zeustempel mit ihren mächtigen Säulenhallen. Die Felsenstadt, welche vom Handel mit Agrarprodukten lebte, war bald einmal zu klein geworden, und so wurde unterhalb der Felsenfestung weitergebaut. Der neue Stadtteil war ebenfalls von einer Stadtmauer umgeben.

In der Neustadt beeindruckten Simon das riesige Amphitheater sowie das Hippodrom, in dem Pferderennen ausgetragen wurden. Nordafrika war Roms Kornkammer. Ein sehr wichtiges Agrarprodukt, welches nur in der Umgebung von Kyrene gedieh, war das Heilkraut Silphium, das Mutter Hanna besonders interessierte. Silphium wurde durch Schiffe und Karawanen in alle Welt versandt. Simons Grossvater, der Arzt, hatte es ebenfalls in seine Heilkunst eingebaut. Wie es ihm wohl gehen mochte? Er hatte sich geweigert, mit Menachem zu fliehen.

Bei ihrer Ankunft hatten sie ihre Waren direkt nach Apollonia, Kyrenes Hafenstadt, hinabgeführt. Menachem besass in Kyrene ein recht grosses Haus. Zwar war es mit Frauen und Kindern ein bisschen eng, doch man war es gewohnt, im Wohnraum zusammenzurücken. Die Knechte waren mit den Kamelen wieder ins Hochland in die Karawanserei hinaufgezogen, wo es für die Tiere reichlich Weideland und Wasser gab. Die Zollabfertigung hatte sich einfacher gestaltet, als Simon befürchtet hatte. Händler hatten ihm in Kaparnum von Zöllnern erzählt, welche das Hinterste und Letzte auseinandernahmen, inspizierten und zu horrenden Preisen verrechneten. Doch Menachem hatte genügend

Erfahrung gesammelt mit dieser Berufsgruppe. Es kostete ihn ein paar Hari-Freundschaftstücher und schon war alles erledigt.

In der Stadt wurde man als dunkelhäutiger Mensch weniger angestarrt als auf dem Land. In Kyrene lebten Menschen verschiedenster Herkunft. Menachem war einer der wenigen reichen Schwarzafrikaner, andere dunkelhäutige Männer und Frauen schienen eher ein Sklavendasein zu führen. Griechen gehörten zu den hellhäutigen Menschen. Nun war Simon derjenige, welcher diesen Weissen nachstarrte. Am auffälligsten waren die römischen Soldaten, ebenfalls krankhaft weiss aussehend, unter ihnen sogar solche mit goldenen Haaren und blauen Augen.

In seinen Papyrusbriefen berichtete Simon seinem Freund Zafi von all dem Neuen, das er erlebte. Einen ersten Brief hatte er bereits in der Wüste einer Karawane mitgeben können. Sobald die ungünstige Sandsturmzeit vorüber war, würden auch Menachems Kamele wieder losziehen. Ihnen würde er weitere Briefe anvertrauen. Menachem war täglich in der Hafenstadt und hielt Ausschau nach Waren, die seine Karawane ins aksumische Reich oder noch weiter tragen würde. Ein Schiff hatte ein besonderes Produkt aus Rom entladen: Glasschalen und Glastrinkgefässe. Dadurch, dass er mit römischem Geld bar bezahlt hatte, war es Menachem gelungen, die ganze Glasladung an sich zu bringen. Von Bahir aus würden diese Glaswaren von anderen Karawanen bis ins Land der Mandeläugigen getragen werden. Im Land der Mandeläugigen erzielten die Gläser einen ähnlichen Erlös wie in Kyrene die Haritücher. Offiziell war die Kyrene-Bahir-Karawane ja gar nicht mehr Menachems Karawane, sondern die von Zafis Vater Uluzu; jedenfalls sollten die Schergen von Abuznegus diesen Eindruck haben. Doch der Handel lief nach wie vor über Menachem, nun allerdings von seinem Wohnsitz in Kyrene aus.

Jeden Abend, wenn es still wurde und am Himmel die Sterne leuchteten, konzentrierte Simon sich auf Gott und seinen Jonathanfreund Zafi. In der Gebetsverbindung blickte Gott Simon an und Simon blickte Gott an. Denselben göttlich-menschlichen Blickaustausch erlebte Zafi, und über den Weg zu Gott waren auch die Freunde miteinander verbunden. Sie hatten diese Verbindung seit frühester Kindheit geübt und oft festgestellt, dass das, was Simon dachte, bei Zafi ankam und umgekehrt. Es hatte nicht immer gekappt, aber sie waren mit den Jahren immer besser geworden. Durch diese Verbindung meinte Simon sehr vieles aus der alten Heimat vernommen zu haben, doch sicher konnte er erst sein, wenn Briefe diese Gedanken bestätigten.

Eigentlich hatte Simon ins Kloster eintreten wollen. Nun war er aber nicht im Kloster, sondern in Kyrene. Er war zwar durchaus aus Liebe zu seiner Familie aus der Heimat geflohen, die Familie war aber nicht der einzige Grund für seine Flucht. Gott hatte fernab der Heimat etwas mit ihm vor. Familie und Berufung, das eine schloss das andere nicht aus. Er war gespannt, was Gott in Kyrene für Absichten mit ihm hatte. Es war eine wunderschöne Stadt, fast noch schöner als Aksum, aber irgendwie war ihm die griechische Stadt nicht geheuer. Ausser seiner Familie gab es in Kyrene keine Beta Israel. Zwar kannte er viele Schriftstellen auswendig, doch längst nicht alle, und um noch mehr Schriften auswendig zu lernen, wäre er auf eine Mesgid angewiesen gewesen, in der die Schriften verwahrt wurden. War es seine Aufgabe, eine Mesgid zu gründen? Würden bald einmal tausende von Beta-Israel-Leuten nach Kyrene fliehen, falls sie denn das Massaker überlebt hatten? Nicht überall gab es Inseln, auf die man fliehen konnte.

Gott war gross, das wusste Simon. Doch Gott war sehr viel grösser, als der junge Mann sich das hätte vorstellen können. Er erlebte eine Überraschung, die alles, was er bisher mit Gott erlebt hatte, in den Schatten stellte. Ihm war aufgefallen, dass am Sabbat Griechen ein Haus betraten, das nicht einfach wie ein Wohnhaus aussah. Einmal hatte er sie sogar singen gehört. Was waren das für Griechen, die immer am Sabbat zum Singen zusammenkamen? Ob es wohl möglich wäre, sich einfach dazuzugesellen, um herauszufinden, warum diese Heiden ausgerechnet am jüdischen Sabbat ihren Gott oder ihre Götter feierten? Er beschloss, den Versuch zu wagen. Die Griechen schauten den schwarzen Simon zwar an, als ob er direkt vom Mond in ihre Versammlung gefallen wäre, aber sie wiesen ihn nicht aus dem Haus, das sie, wie er beim Eintritt hörte, Synagoge nannten. Den Priester oder Vorsteher sprachen sie mit Rabbi Tovia an. Die Männer küssten den Priester. Sollte auch er ...? Er tat es nicht und das war wohl gut so. Dass Männer und Frauen getrennt sassen, war ihm nicht fremd, er beging also nicht den Fehler, sich falsch hinzusetzen.

Alle schienen anzunehmen, dass der Schwarze kein Griechisch verstand. Neben ihm sass ein kleiner Junge, der mit seinem Finger neugierig über den Arm des dunkelhäutigen Mannes strich. «Tu das nicht», mahnte ihn sein Vater streng, «sonst wirst du schwarz.»

«Du brauchst keine Angst zu haben», sagte Simon auf Griechisch. «Siehst du, ich werde auch nicht weiss, wenn ich dich berühre.»

Dem Vater war es peinlich, dass Simon seine dumme Aussage verstanden hatte, und er entschuldigte sich.

Das Singen in der Synagoge war in der Tat ein Gottesdienst. Den griechischen Teil verstand Simon gut. Er war erschüttert. Er war in einer Versammlung von Griechen, die an den Gott Israels glaubten. Juden konnten diese Leute nicht sein, Juden waren schwarz.

Nach dem Singen und Beten stellte er sich dem Vorsteher vor und fragte ihn: «Wie kommt es, dass Menschen, die nicht Beta Israel sind, den Gott der Juden anbeten?»

«Wir sind nicht Griechen», beteuerte der Rabbi, «wir sind Juden.»

«Juden sind schwarz», hielt Simon ihm entgegen.

«Juden sind was ...?» meinte der Vorsteher verblüfft. «Ich habe noch nie in meinem Leben von schwarzen Juden gehört.»

«Und ich habe noch nie etwas von weissen Juden gehört», stammelte Simon. Die beiden Männer starrten einander fassungslos an, doch dann stiessen sie in plötzlichem Verstehen einen Freudenschrei aus und fielen einander in die Arme.

Simon war freudig erregt. Waren die weissen Juden der Grund, warum er nach Kyrene hatte kommen müssen? Menachem, Hanna, die Brüder, Schwestern und Schwägerinnen konnten fast nicht glauben, was Simon ihnen berichtete. Es gab weisse Beta Israel, und die Beta Israel im verheissenen Land sollten gemäss dem Kahen, der in Kyrene Rabbi hiess, ebenfalls weiss sein. Obwohl Menachem doch oft in Kyrene gewesen war, hatte er nie etwas von weissen Beta Israel gemerkt.

«Nun, ganz weiss sind wir rabbinischen Juden ja nicht», meinte der Rabbi.

«In den Augen von uns Schwarzen seht ihr rabbinischen Beta Israel allerdings sehr weiss aus», eröffnete Simon der Sabbatversammlung. Die Versammelten brachen in schallendes Gelächter aus.

Die Menachemleute kamen nun jeden Sabbat in die Versammlung. Dass Simon eine heilige Ausstrahlung besass, hatten bald einmal alle begriffen, und so war es selbstverständlich, dass der Rabbi Simon eines schönen Sabbatmorgens aufforderte, eine Schriftrolle auszuwählen und das Wort Gottes zu verkünden. Simon verlangte nach dem Buch Henoch.

«Das Buch Henoch ...?» Rabbi Tovia blickte ihn entgeistert an. «Wir wissen, wer Henoch ist. Henoch ist der Vater von Methusalem, der 969 Jahre alt wurde. Henoch selber wurde auch sehr alt, ganze 365 Jahre. Er lebte wie kein anderer völlig mit Gott, sodass er gar nicht starb, sondern von Gott mitsamt seinem irdischen Leib in den Himmel entrückt wurde – kurz vor der Sintflut. Das steht im Buch der Genesis. Du möchtest aus der Genesisschriftrolle lesen?»

«Nein, Rabbi, ich möchte aus dem Henochbuch lesen.»

Tovia schüttelte den Kopf. «Wir rabbinischen Juden kennen kein Henochbuch.»

Die rabbinischen Juden und die Beta Israel hatten offenbar nicht dieselbe Bibel. Um dennoch etwas über Henoch sagen zu können, blieb Simon nichts anderes übrig, als sich die Genesisschriftrolle geben zu lassen.

Er hatte sich schon immer über das hohe Alter von Henoch und Methusalem gewundert. Als er aus der Genesisrolle las, fühlte er sich mit Gott ganz besonders verbunden. Was er verkündete, erstaunte ihn selber; es kam nicht von ihm, sondern von Gott. «Dieses hohe Alter wird bezeugt, um zu zeigen, dass Gott mit seinem Gericht fast tausend Jahre zuwartet, bis er die Sintflut über den Erdkreis kommen lässt. Eigentlich will Gott in seiner Liebe nie Menschen verderben», hörte er sich sagen. «Er will, dass wir in alle Ewigkeit bei ihm leben, deshalb hat Gott Henoch, der nie auch nur eine noch so kleine Sünde begangen hat, in den Himmel entrückt, ohne ihn sterben zu lassen. Henoch ist das Gegenstück zu der Sintflut. Nicht die Sintflut will Gott, sondern das ewige Leben mit ihm und bei ihm.»

Die Versammelten hörten sich die Predigt mit Begeisterung an. So hatte noch nie jemand zu ihnen gesprochen. Auch der Rabbi war tief bewegt. «Deine Worte müssen unbedingt in den Talmud aufgenommen werden.»

«In den Talmud ...?», fragte Simon. «Was soll nun wieder der Talmud sein?»

«Ihr Beta Israel kennt den Talmud nicht?», stellte Rabbi Tovia mit Befremden fest. «Talmud heisst auf Griechisch Überlieferung. Der Talmud ist das rabbinische Auslegungsbuch zur Thora.»

Simon dachte nach. «Vielleicht haben wir auch einen Talmud, aber offenbar in Abweichungen zu eurem Talmud, und es ist eine mündliche Überlieferungsgeschichte, die von Kahen zu Kahen weitergegeben wird.»

«Ihr seid gar keine richtigen Jeden!», riefen einige Männer empört. «Ihr seid häretische Juden, Falschgläubige, Ketzer. Euch muss man zuerst beschneiden, dann können wir euch ins Judentum aufnehmen.»

«Wir sind beschnitten, liebe Brüder», beteuerte Simon.

«Zeigen! Zeigen!», brüllten die Männer.

Der Rabbi war bestürzt. «Ihr Männer aus Jehuda, glaubt doch unseren Brüdern!»

«Zeigen! Zeigen!»

Der Rabbi musste dem Anliegen der Hitzköpfe stattgeben. Er hiess die Menachemmänner zu sich treten. Diese schüttelten empört den Kopf, doch auf ein Zeichen von Simon kamen sie nach vorn. Der Ältestenrat stellte sich vor Menachem, Simon, seine Brüder und die Buben, um sie vor neugierigen Blicken zu schützen. Die Menachemmänner fühlten sich erniedrigt. Männer begegneten einander unter anderen Umständen durchaus hemmungslos nackt, seien sie Beta Israel oder Amharen, da war nie etwas dabei; sie waren so, wie Gott sie geschaffen hatte. Doch sich hier in der Synagoge als Glaubensbeweis entblössen zu müssen, verletzte die dunkelhäutigen Männer. Dazu noch vor Weissen. Grimmig hoben sie ihre Schammas hoch. Der Rabbi warf einen scheuen Blick auf die dunklen Genitalien.

«Die Beta Israel sind beschnitten», stellte er erleichtert fest. Die Beweisforderung seiner Jehudamänner widerte ihn an. Da hatte Simon eben noch diese ergreifenden Worte gesprochen – und nun auf einmal das! Rabbi Tovia hatte vor Scham und Zorn Tränen in den Augen. Und diese Tränen rettete die Synagogenmitgliedschaft der Menachemjuden. Der Rabbi stand voll und ganz auf ihrer Seite; er war ihr Kahen. Sie gehörten dazu.

Die Briefe

Die Scharfmacher und Hitzköpfe in der Synagoge waren einflussreiche, wohlhabende Männer, die hamitische Sklaven besassen und den Betrieb des Lehrhauses mit Geld unterstützten.

Hamiten nannten die Scharfmacher die Völker südlich der grossen Wüste, die Menschen mit dunkler Haut.

«Hamiten haben in einer Synagoge nichts zu suchen», forderten die Scharfmacher eines schönen Sabbats in der Versammlung. «Es ist gottwidrig, diese Sklaven als zum Volk Gottes gehörende Menschen zu betrachten. Hamiten», behaupteten sie, «stammen schliesslich von Noahs nichtsnutzigem Sohn Ham ab. In der Genesis steht, dass Noah betrunken und entblösst auf seinem Bett lag. Ham sah ihn da liegen, er ergötzte sich an dem hilflos daliegenden Vater und betrachtete schamlos das väterliche Geschlechtsteil. Grinsend teilte er seinen Brüdern Sem und Japhet mit, was er gesehen hatte. Sem und Japhet waren die edlen Söhne Noahs. Sie betraten das Zelt ihres Vaters rückwärts, um seine Blösse nicht zu sehen, und bedeckten ihn mit seinem Gewand. Als Noah von seinem Rausch erwachte und erfuhr, was Ham getan hatte, verfluchte er dessen Nachkommen. Die Hamiten sollen Sklaven der Semiten und Japhetiten sein, so lautete der Fluch. Das ist das klare Wort Gottes», ereiferten sich die weissen alten Männer. «Die Schwarzen sollen unsere Sklaven sein.»

Die Wirrköpfe in der Synagoge verlangten von der Versammlung, dass die eingedrungenen Hamiten aus der Synagoge weggewiesen würden, ansonsten sie – die reichen Weissen – aus der Synagoge austreten würden.

Die Mehrheit der Beter und Sänger liebte die neuen dunkelhäutigen Versammlungszugehörigen, vor allem Simon. Keiner konnte ihr Herz so für Gott erwärmen wie der junge Mann von jenseits der grossen Wüste. Als die Versammlung den Forderungen der Wirrköpfe nicht nachgab, machten sechs grimmige weisse Männer ihre Drohung wahr. Zögernd schickten

107

sich fünf Frauen an, ihren Ehemännern zu folgen, doch da erhob sich die sechste, die energische Sara, und rief ihrem Mann hinterher: «Ich komme nicht mit und das Essen kannst du dir fortan auch selber kochen!» Mit neuem Mut riefen nun auch die fünf anderen Frauen: «Macht, was ihr wollt, aber das Essen könnt ihr euch selber kochen und im Bett könnt ihr allein liegen!» Spontan stimmten sie unter Trillerrufen ein neues Lied an, bei welchem die ganze Versammlung begeistert mitsang: «Schalom Beta Israel, Gott segne unsere neuen Brüder und Schwestern.»

In demselben Gottesdienst wurde Simon unter Akklamation neben dem ehrwürdigen und gütigen Rabbi Tovia zum Kahen der Versammlung bestimmt.

Sara und ihre Mitschwestern setzten ihre Drohung in die Tat um. Am dritten Sabbat kehrten die alten weissen Männer zerknirscht in die Synagoge zurück. Sie konnten nicht kochen und allein im Bett zu liegen war auch nicht angenehm.

Simon hatte bei diesen Ereignissen das Gefühl, bei Gott auf der Zielgeraden zu sein – und ahnte gleichzeitig zutiefst in seinem Innern, dass er dem Ziel noch nicht so nah war, wie es sich anfühlte. Auf ihn wartete noch einmal etwas ganz anderes. Doch er war glücklich. Es war gut, wie es war. Die Tatsache, dass er der stellvertretende Kahen des Rabbi genannt wurde, liess ihn schmunzeln. Das Wort Kahen war bis zu dieser Stunde in der Synagoge unbekannt gewesen.

Neun Monate nach der Flucht der Menachemleute aus der Wasserfallgegend trafen sechs weitere Beta-Israel-Familien in Kyrene ein. Der Boden für eine gemischte, wachsende rabbinisch-jüdische und Beta-Israel-Versammlung war durch die Vorfälle rings um Simons Ernennung zum Kahen gut vorbereitet.

Die neuen Flüchtlinge brachten Papyrusbriefe von Zafi mit. Eigentlich hatte Simon es schon vor den Briefen gewusst: Der Kahen in Kaparnum war ermordet worden. Neu war dagegen auch für ihn, dass sein Grossvater, der Arzt, nach Aksum verschleppt worden war. Dass die Nilpferde den Verfolgern einen heissen Empfang bereitet hatten, hatte er in einer Vision gesehen. Nicht gesehen hatte er, dass nicht alle Familien auf die Inseln hatten fliehen können. Zubidu, der Ziehvater seines Sohnes, hatte einige vor den Mördern versteckt und gerettet, war jedoch vor Schreck und Aufregung an einem Schlaganfall gestorben. Das tat Simon sehr leid. Zubidu war ein eindrücklicher alter amharischer Mann gewesen, mit dem er sich über den sozusagen gemeinsamen Sohn verbunden gefühlt hatte. Zubidu hatte Rufi innig gelebt und war ihm ein guter Vater gewesen.

Immer mehr Flüchtlinge aus dem aksumischen Reich fanden ihren Weg nach Kyrene. Die Synagogenleute kümmerte sich unter der Leitung von Kahen Simon liebevoll um die Ankommenden. Sie errichteten Aufnahmezentren und sorgten für Gesundheit, Verpflegung und Integration in die Arbeitswelt. Simon gab ihnen Unterricht in der griechischen Sprache.

So wie es bei der heiligen Schrift Unterschiede zwischen den Beta Jehuda und den Beta Israel gab, gab es auch bei den Festen Unterschiede. Vom Rabbi wusste Simon, was für religiöse Feste die rabbinischen Juden feierten, und der Rabbi lernte von seinem Kahen, was für Feste die Beta Israel feierten. Man feierte die Feste beider Gruppen. Als Kahen eines an Mitgliedern wachsenden Doppelhauses Jehuda und Beta Israel war Simon ein beschäftigter Mann. Griechisch sprach er bereits wie ein Grieche, nun musste er noch Aramäisch und Hebräisch lernen. Die Versammlungsleute vom Haus Jehuda waren zwar alle griechischer Muttersprache, doch die heilige Gebetssprache war Hebräisch, und Aramäisch war nebst Griechisch eine wichtige Handelssprache. Lateinisch mochte in Rom selber von Bedeutung sein, in Nordafrika dagegen spielte diese Sprache keine grosse Rolle, aber je nachdem konnte Latein bei einem Handelsabschluss doch das Zünglein an der Waage spielen, wenn ein lateinischer Händler anstatt auf Griechisch in seiner Muttersprache mit einem Geschäftspartner verhandeln konnte. Simon liebte fremde Sprachen.

Er begleitete seinen Vater oft an den Hafen. Menachem hatte ein Auge dafür, wie attraktiv ein Produkt in der alten Heimat oder in noch ferneren Ländern sein könnte. Mithilfe der bestechend schönen Glaswaren aus Rom hoffte er, auch weiterhin Haristoffe aus dem Mandelaugenland beziehen zu können. Die Mandeläugigen tranken mit Vorliebe aus römischen Gläsern und die Römerinnen liessen ihre Körper gerne von Harigewändern umschmeicheln.

Es war Seereise- und Karawanenzeit. Auf grosse Schiffe wurden Säcke mit Getreide verfrachtet. Wenn Glaswaren ausgeladen wurden, waren Menachem und Simon immer zur Stelle. Aus der Wüste tauchten die Karawanen auf, oft aus dem aksumischen Reich, wenn auch nicht immer aus Bahir, aber fast jedes Mal begleitet von Beta-Israel-Flüchtlingen.

Dass es dunkelhäutige Juden gab, hatten nun alle Männer und Frauen aus dem Haus Jehuda begriffen.

Jemina

In der Sabbatversammlung hatte das Singen und Beten durch die dunkelhäutigen Flüchtlinge eine neue Dimension erhalten. Die Gottesdienste waren dynamischer und gefühlvoller geworden. Wenn die Menschen aus Beta Jehuda und Beta Israel gemeinsam sangen, fing Simons Herz freudig zu hüpfen an. Wenn er im Gesang die schönen Frauenstimmen besonders wahrnahm, hüpfte es noch stärker, und wenn gar Jeminas liebliche Stimme mitklang, lief es ihm heiss und kalt über den Rücken. Jeminas Name bedeutete Täubchen. Wenn Simon auf einem Mäuerchen Tauben miteinander turteln und schnäbeln sah, schloss er die Augen und versank in wunderbare Träumereien. In der Synagoge blickte ihn das Täubchen während seiner Schriftauslegungen in inniger Gottverbundenheit an. Oder war da vielleicht noch etwas anderes als gläubiger Sinn? Sobald der Gottesdienst vorbei war, gesellte sich Jemina jedoch zu ihren Gespielinnen und hatte keine Augen mehr für Simon – allerdings auch nicht für andere junge Männer, wie er dankbar feststellte.

Jemina war nicht nur eine wunderschöne rabbinische Jüdin, sondern auch ein äusserst hilfsbereiter Mensch. Sie verstand sehr gut, dass der vielbeschäftigte junge Kahen den Griechischunterricht für die Flüchtlinge nicht allein gestalten konnte. Als er sie fragte, ob sie ihn beim Sprachunterricht unterstützen würde, sagte sie sofort zu. Da sie als Enkelin des Rabbi Hebräisch lesen und schreiben konnte, bot sie dem Stellvertreter des Grossvaters zudem entsprechenden Stützunterricht an.

In der Synagoge stapelten sich die Lebensmittelhilfspakete, welche zu den Flüchtlingen gebracht werden mussten. Besonders schwere Pakete vertraute Rabbi Tovia seiner Enkelin und dem Kahen gemeinsam an, waren doch diese Pakete so schwer, dass sie zu zweit getragen werden mussten. Weder in der Beta Jehuda noch in der Beta Israel war es üblich, dass Männer und Frauen, die nicht zur gleichen Familie gehörten, einander berührten – doch bei den schweren Paketen waren Berührungen der Hände unvermeidlich, vor allem beim Treppensteigen.

Das Treppensteigen war die Folge der wachsenden Anzahl von Flüchtlingen. Die Kyrener standen vor dem Problem, ihre Stadt entweder zu erweitern und eine neue Stadtmauer darum zu ziehen oder innerhalb der bestehenden Stadtmauer in die Höhe zu bauen. Die Erweiterung der Stadt lehnte der Ortssenat ab. Die rabbinischen Juden waren die ersten, welche ihren neuen schwarzen Glaubensbrüdern zuliebe in die Höhe bauten. Da in Kyrene Arbeit in Hülle und Fülle vorhanden war, jedoch zu wenig Arbeitskräfte zur Verfügung standen, waren die Flüchtlinge mit ihren geringen Lohnforderungen ein günstiger Wirtschaftsfaktor, sodass sich bald auch die Griechen entschieden, ihre Häuser um zwei oder drei Stockwerke zu erhöhen. Irgendwo mussten diese billigen Arbeitskräfte schliesslich wohnen.

Es gab Beta Israel, die die grosse Wüste im Schutz von Karawanen durchquert hatten, andere hatten Kyrene in kleinen Gruppen oder gar als Einzelkämpfer mehr tot als lebendig erreicht. Wie viele es gar nicht geschafft hatten, sondern in der Wüste verdurstet, durch Naturkatastrophen umgekommen oder von Räubern ermordet worden waren, wusste niemand genau. Frauen berichteten, dass sie mit ihren Männern und Kindern nur darum von Wüstenbewohnern aus Notsituationen gerettet worden waren, weil sie sich den sogenannten Schleppern hingegeben hatten – hatten hingeben müssen.

Durch die Betreuung der Flüchtlinge kamen das Täubchen und Simon sich näher, doch durften sie einander ihre Liebe nicht gestehen. Geheiratet wurde nicht aus Liebe, sondern aus wirtschaftlichen Gründen. Es waren in beiden Betas die Eltern, die bestimmten, wer wen zu heiraten habe. Der weise Rabbi hatte allerdings längst begriffen, wie es um seine Enkelin und den jungen Kahen stand, den er sehr schätzte. Ohne Wissen der beiden hatte er deshalb mit ihren Eltern Gespräche geführt und eines Tages wurden Simon und Jemina zu einem Treffen mit beiden

Elternpaaren aufgeboten. Simon und Jemina waren nicht dumm. Ihre Herzen wollten vor freudiger Erwartung zerspringen, als sie von Tovia in die Synagoge vor die Eltern geführt wurden. Dort wurde ihnen eröffnet, dass die Eltern beschlossen hätten, die beiden jungen Leute zusammenzuführen. Widerrede sei zwecklos, Befehl sei Befehl. Menachem war die Befehlsgewalt über seinen jüngsten Sohn ja längst entglitten, seit sie in Kyrene waren, musste er vielmehr oft seinen Sohn um Rat fragen. Es tat ihm tief im Herzen wohl, dem Sohn endlich wieder einmal einen Befehl zu erteilen. Jemina und Simon waren äusserst gehorsame Kinder, welche, eingedenk der zehn Gebote, wonach sie Vater und Mutter zu ehren hatten, demütig versprachen, dem Befehl Folge zu leisten.

Im Sabbatgottesdienst verkündete der Rabbi, dass die beiden Häuser des Volkes Gottes, die Beta Jehuda und die Beta Israel, auf besondere Weise verbunden würden, und zwar durch den Bund der Ehe zwischen Simon Ben Menachem und Jemina Bath Eleasar. Rabbinische Juden und aksumische Israeliten brachen in Jubelrufe aus.

In beiden Volk-Gottes-Häusern kannte man Hochzeitsfeiern, doch die Frage drängte sich auf, ob das Hochzeitsritual in beiden Häusern auf die gleiche Art und Weise gefeiert wurde. Das musste geklärt werden. Ringe? In beiden Gruppen hatten Ringe eine Bedeutung. Das war schon einmal etwas. Wie stand es um den Wein? «Feiern die Beta Israel mit Wein?», fragte der Rabbi.

«Selbstverständlich», antwortete der Kahen, «mit Tej, mit Honigwein.»

«Honigwein?» Der Rabbi war verblüfft. «Was in aller Welt ist Honigwein?»

«Honigwein müsstet ihr rabbinischen Juden eigentlich kennen», meinte Simon, «schliesslich hat die Königin von Saba König Salomo mit Honigwein verführt.»

«Diese Geschichte kennen wir nicht», bedauerte Tovia, «aber sie gefällt mir. Dann nehmen wir für die Trauzeremonie Honigwein.»

«In einer aksumischen Trauzeremonie muss der Bräutigam mit den Füssen eine Tonschale zertreten», brachte Simon den nächsten Punkt zur Sprache.

«Was, bei euch auch?», wunderte sich der Rabbi. «Aber warum denn? Die zerbrochene Schale erinnert schliesslich an die Zerstörung des salomonischen Tempels durch die Babylonier. Bevor du nach Kyrene kamst, wusstest du doch nicht einmal, dass das heutige Heiligtum in Jerusalem gar nicht mehr der Tempel Salomos ist, sondern ein wiederaufgebauter neuer Tempel, später vergrössert und verschönert durch Herodes den Grossen.»

«Die Zerstörung des salomonischen Tempels war bei uns in der Tat unbekannt», räumte der Kahen ein. «Bei den Beta Israel zertritt der Bräutigam die Schale, weil die Braut zwar zu ihm und seinen Eltern zieht, sodass jeder den Bruch der Braut mit dem Alten sehen kann, doch auch für den Bräutigam muss die Elternbeziehung zugunsten der neuen Beziehung durch einen Bruch gehen. Die zerbrochene Schale ist eine Mahnung an die Mutter des Bräutigams, ihren Sohn loszulassen.»

Rabbi Tovia war begeistert. «Das ist eine wunderbare Symbolik!»

In den Tagen der Hochzeitsvorbereitung durften sich Braut und Bräutigam nur in Gegenwart einer Anstandsperson sehen. Das gemeinsame Tragen von Lebensmittelpaketen war nicht mehr möglich. Jemina stellte deswegen ihre Tätigkeit als Flüchtlingshelferin ein. Sie nähte stattdessen zuhause mit Hingabe zwei Hochzeitskleider, dasjenige für ihren Bräutigam und ihr eigenes, beide in Weiss. Es war ein Gebot der Tradition, dass niemand anderes das Hochzeitskleid des Bräutigams schneidern durfte. Umgekehrt durfte der Bräutigam den Ring für die Braut nur mit eigenem Geld kaufen als Zeichen dafür, dass er finanziell in der Lage war, für seine Frau und Kinder zu sorgen. Der Ring bedeutete: «Ich habe dich deinem Vater rechtmässig abgekauft.»

In der Schöpfungsgeschichte der Thora tritt am dritten Schöpfungstag die Welt der Pflanzen in Erscheinung. Pflanzen sind fähig, sich zu vermehren. Die Vermehrungsfähigkeit war der erste göttliche Schöpfungsakt, von dem die Schrift sagte: *Gott sah, dass es gut war.* Deshalb war es gut, eine Hochzeit auf den dritten Tag der Woche zu legen.

Im Gegensatz zum Tempel war weder die Synagoge noch die Mesgid ein besonders heiliger Ort. Und da in der Synagoge der Platz für die vielen Gäste ohnehin allzu beschränkt war, feierte man die Hochzeiten unter freiem Himmel, wo der Segen Gottes ungehindert herabströmen konnte. Es wurde ein Traubaldachin errichtet, die sogenannte Chuppa. Die Chuppa stand für den neuen Haushalt des zu trauenden Paares. Sie wurde während der Trauung von starken Männern gehalten als Zeichen, dass jeder Ehestand auf Freundschaft angewiesen ist.

Es war eine grosse Menschenmenge, die sich für die Hochzeit des Beta-Israel-Bräutigams mit seiner rabbinisch-jüdischen Braut versammelte. Unter den Gästen befanden sich viele Griechen, etwa die Mitglieder des Senats. Unter dem Schall der Posaunen führten Menachem und Hanna ihren Sohn unter die Chuppa. Der schwarze junge Mann in dem von seiner Braut geschneiderten weissen Gewand war ein erhabener Anblick. Unter erneutem Posaunenschall wurde kurz darauf Jemina in ihrem ebenso kunstvoll geschneiderten weissen Brautkleid von ihren Eltern herbeigeführt. Die Schönheit der edlen Züge der Braut war beim Einzug nicht zu sehen, denn das Täubchen war tief verschleiert. Nun folgte der Jakobstest. Isaaks Sohn Jakob, der die entzückende Rahel hatte heiraten wollen, war von Brautvater Laban getäuscht worden, denn unter dem Schleier befand sich damals nicht liebliche Rahel, sondern ihre ältere, weniger hübsche Schwester Lea. Um eine derartige Täuschung zu verunmöglichen, durfte Simon kurz den Schleier lüften und feierlich die Worte sprechen: «Die Richtige.» Doch sofort verschwanden Augen und Gesicht des Täubchens wieder unter einem Schleier, unter dem die Braut nichts sah. Gespielinnen führten die gleichsam Blinde siebenmal um die Chuppa. Mit diesem siebenfachen Blindgang gelobte Jemina, ihrem Mann blind zu vertrauen. Beim siebenten Mal durfte ihr Simon den Schleier endgültig wegziehen. Ein wunderschönes Gesicht kam zum Vorschein. Der Rabbi verlas die Worte: «Darum wird ein Mann Vater und Mutter verlassen und seiner Frau anhangen, und sie werden sein ein Leib.» Er reichte ihnen aus einer Schale den Honigwein. Sie genehmigten sich einen Schluck. Darauf wieder der Rabbi: «Seid fruchtbar und mehrt euch; das Volk Gottes soll zahlreich werden.» Wieder nahm das Paar einen Schluck. Unter dem Jubel der Gäste schmetterte Simon die Honigweinschale auf den Boden und zertrat sie mit den Füssen vollständig. Der Rabbi verlas den Ehevertrag, dessen Inhalt das Paar mit einem weiteren Schluck aus einer neuen Schale besiegelte. Nachdem der Ehevertrag angenommen worden war, fasste der Bräutigam mit seiner dunklen Hand die weisse Hand der Braut. Der Ring musste an den Ringfinger der linken Hand gesteckt werden, weil nach Auffassung der rabbinischen Juden eine Vene direkt aus dem Herzen in diesen Finger führt. Mit dem Ring hatte das Paar die Möglichkeit auszudrücken, wie es seine Ehe gestalten wollte. Schob der Bräutigam den Ring mit einer einzigen Bewegung an seinen Ort, wurde die Ehe vom Gatten dominiert. Gelang es ihm erst nach längerem Schieben und Stossen, lag die Dominanz bei der Frau. Simon schob den Ring sanft über den Finger der Braut, während Jemina ihre Hand auf seine legte. Die Gäste jubelten; das war echte Partnerschaft. Simon sprach dazu die Worte: «Nun bist du mir durch diesen Ring angetraut nach dem Gesetz von Mose und Israel.»

Es folgten die traditionellen sieben Segenssprüche, gesprochen von Freunden und Angehörigen. Jeder Segen wurde eingeleitet mit den hebräischen Worten: *Baruch atha Adonai Elohenu – gesegnet sei der Herr unser Gott.* Simons Angehörige und Freunde hatten fleissig Hebräisch geübt. Nach jedem Segensspruch gab es für das Paar einen Schluck Honigwein. Die Beta Israel hatten das Hebräische akzeptiert, die Beta Jehuda den Honigwein.

Der erste Segen drückte den Wunsch aus, das Paar möge für andere wie der Wein sein, der die Herzen erfreut.

Der zweite Segen stellte das Paar unter eine Kraft, die grösser ist als Menschenkraft.

Im dritten Segen wurde die Dankbarkeit der Frau gestärkt, dass sie einen Mann hatte.

Der vierte Segen enthielt den Dank des Mannes für die Frau.

Im fünften Segen wurde die Hoffnung ausgesprochen, dass das Volk Gottes eines Tages in Jerusalem vereinigt sein würde.

Der sechste Segen setzte das Paar zu einem Segen für viele.

Und im siebenten Segen hatte in Gott alles seine Erfüllung.

Nach diesem siebenfachen Segen durfte sich das Paar in ein Sonderzelt zurückziehen und gemeinsam eine kleine Mahlzeit zu sich nehmen. Sie waren ja nun Mann und Frau. Als Simon und sein Täubchen Hand in Hand wieder vor dem Zelt erschienen, begann die Musik zu spielen. Rabbinische Jubelmusik wechselte sich ab mit Beta-Israel-Klängen, und alle spielten mit ihren eigenen Blas- und Saiteninstrumenten, Trommeln, Leiern und Menschenstimmen. Dazu wurde getanzt, Männer mit Männern und Frauen mit Frauen. Später, nach gutem Essen, vor allem aber nach dem Genuss von viel Honigwein, tanzten sogar Männer mit Frauen und Frauen mit Männern. Ein Verstoss gegen Sitte und Anstand.

Die rabbinischen Juden hatten keine Ahnung gehabt, wie stark alkoholhaltig Honigwein war. Damit befanden sie sich allerdings in guter Gesellschaft mit König Salomo. Honigwein berauscht, fördert aber gleichzeitig die Potenz. Das fröhliche, in der Tradition so nicht vorgesehene Tanzen unter dem Einfluss von Honigwein blieb nicht ohne Folgen. Nach neun Monaten gab es auf dem Rücken sowohl von weissen als auch von schwarzen Müttern kleine Kinder, die von ihrer Hautfarbe her kleine Meneliks hätten sein können. Menelik war der Sohn, den der weise König Salomo nach dem Genuss von Honigwein mit der Königin von Saba gezeugt hatte. Neunhundert Jahre später dasselbe Rezept, dieselbe Wirkung.

Alexander und Rufus

Auch bei Simon und Jemina war ein kleiner Menelik geboren worden. Menelik ist amharisch und bedeutet *Wie kommst du hierher?* Wie waren Simon und die Beta Israel nach Kyrene gekommen? War eine Frage aber ein guter Name? Rabbinische Juden wie auch Beta Israel glauben, dass der Name einen Menschen zu dem macht, was sein Name ausdrückt. Simons und Jeminas Sohn sollte nicht ein Leben lang mit einer Frage verbunden sein. Die angehenden Eltern wünschten sich ein Kind, das andern eine Hilfe sein würde – es gab so viele gefährdete, verfolgte Menschen, die Schutz brauchten. Jemina und Simon setzten sich sehr für Flüchtlinge ein. Dass ihr Kind andere beschützen würde, sollten möglichst viele Menschen in seinem Namen klingen hören. Und da die Sprache in Kyrene Griechisch war, musste es ein griechischer Name sein. Alexandros war das griechische Wort für Beschützer, ein Name für beide Geschlechter: Alexandra und Alexander. Als Jeminas Schwiegermutter, die Heilkräuterfrau und Hebamme war, das Neugeborene in die Arme der jungen Mutter legte, warf diese einen Blick auf das Pimmelchen und seufzte beglückt: «Alexander, Liebling, da bist du ja.»

Grossvater Rabbi war mit dem Namen zufrieden. Aus dem Talmud wusste er, dass die Juden den griechischen König Alexander den Grossen verehrt hatten. Dieser hatte sie ermutigt, ihren Glauben in seinem Reich frei und offen zu leben. In den Sabbatjahren gewährte er ihnen Steuererlass und bei einer Begegnung mit dem jüdischen Hohepriester kniete der Feldherr, der mächtige Heere besiegt hatte, ehrfurchtsvoll vor diesem nieder. Als Dank für den grossen König nannten die Juden hundert neugeborene Buben Alexander. Der Name Alexander war zwar nicht hebräisch, aber dennoch ein im jüdischen Glauben erlaubter besonderer Name.

Als kleines Kind konnte Alexander freilich niemanden beschützen. Zudem war der aus der Wüste kommende Strom von Flüchtlingen versiegt: Seit einiger Zeit tauchten weder im Schutz von Karawanen noch als Einzelkämpfer mehr welche in Kyrene auf. Simon setzte sich mit der Gebetstelepathie, die Zafi und er entwickelt hatten, mit seinem Freund in Verbindung. Über diesen Kanal schien er – wenn auch ohne Gewissheit – die Nachricht zu empfangen, dass die rechtzeitig vor ihrem Bruder geflohene Prinzessin Kandaze mit einem ganzen Heer wieder aufgetaucht war, ihren Bruder gestürzt und ins Gefängnis gesetzt hatte. Simon hoffte, dass sein Freund dies eines Tages in einem Brief bestätigen würde. Seit Wochen wartete er bereits auf den Karawanensalzzug des eigenen Handelsunternehmens.

Eines Tages klopfte die sehnsüchtig erwartete Nachricht in der Gestalt eines Beta-Israel-Mönchs persönlich an seine Tür. Simon von Kyrene und der Mönch fielen einander schluchzend in die Arme. An Zafi-Jonathans Seite stand ein fünfjähriger Junge. Simon brach erneut in Tränen aus. Das konnte doch nur ... «Rufi! Rufi!», stammelte er, «mein lieber Sohn!» Unter der Tür erschien, angelockt durch Freudengeschrei und Schluchzen, Jemina mit Alexander in den Armen. Jemina hatte noch nie in ihrem Leben einen Mönch gesehen, doch sie erkannte sofort, dass der Fremde ein Mönch sein musste und nur Zafi sein konnte. Ihr war auch klar, wer der kleine Junge war. Sie war tief bewegt. Jüdische Frauen dürfen keine fremden Männer berühren, doch das spielte jetzt keine Rolle. Der Mönch war für sie wie ein Bruder und Rufi liebte sie schon jetzt mit der ganzen Kraft ihres mütterlichen Herzens.

Die Nachricht von dem zu der Salzkarawane gehörenden Mönch verbreitete sich in Windeseile. «Ein weiterer Unterschied zwischen den rabbinischen Juden und den Beta Israel», stellten die Jehudim staunend fest, «wir rabbinischen Juden haben keine Mönche. Und das Kind, das der Mönch mitgebracht hat, ist der ältere Sohn unseres Kahen!» In der Stadt entstand eine freudige Erregung.

Mönch Jonathan, wie Zafi im Kloster ganz selbstverständlich genannt wurde, bestätigte der Sabbatversammlung, was Simon betend und meditierend gesehen hatte: Kandaze hatte ein Heer sammeln könnten. Abuznegus hatte sich durch sein hartes Regime, durch hohe Steuern und Verfolgungen unbeliebt gemacht. Selbst Generäle des Königs liefen zu Kandaze über. Auf seiner Flucht wurde der Gewaltherrscher erwischt und an Ort und Stelle hingerichtet.

In Simons Vision war er lediglich ins Gefängnis gesteckt worden. Visionen zeigten den wahren Sachverhalt nicht immer voll und ganz. Visionen waren selbst bei geübten Menschen wie Simon und Mönch Jonathan ein Zusammenspiel von göttlichen Eingebungen und menschlichen Wünschen oder Ängsten. Die Hauptsache jedoch war, dass die Verfolgungen aufgehört hatten. Königin Kandaze hatte sogar einen Beta-Israel-Mann zu ihrem Finanzminister bestimmt. Mönch Jonathan kündigte an, er werde in den nächsten Tagen mit der Salzkarawane, welche in umgekehrter Richtung eine Getreide-, Silphium- und römische Gläserkarawane war, nach Aksumien zurückkehren. Er lud Rückkehrwillige ein, sich bei ihm zu melden.

Der Sieg von Königin Kandaze war gute Nachricht. Traurige Nachricht dagegen war, dass Merella, Rufis Mutter, sich bei der Pflege von Kranken mit der Blatternkrankheit angesteckt hatte und daran gestorben war. Zafi hatte der Sterbenden versprochen, Rufi zu seinem Vater zu bringen.

Die Möglichkeit zur Rückkehr löste im Stadtsenat eine hitzige Debatte aus. Einige alte weisse Juden – dieselben, welche bereits in der Synagoge für Unstimmigkeiten gesorgt hatten – schlugen mit gespielter Freundlichkeit vor, die Rückkehrwilligkeit unter den Eingewanderten mit einem Solidaritätsbeitrag zu fördern. Die Händler und Inhaber von landwirtschaftlichen Betrieben, die sich um den Verlust von Arbeitskräften sorgten, forderten umgekehrt eine Steuererleichterung für die Integrationsbereiten. Es kam im Senat sogar zu Schlägereien. Obersenator Prosopulos konnte die

Ruhe nur wieder herstellen, indem er durch Abstimmungen erreichen konnte, dass weder die Rückkehrwilligen gefördert noch die Integrationsbereiten belohnt würden.

Menachem und seine Töchter und Söhne entschlossen sich mit Ausnahme Simons alle zur Rückkehr. Dass der mit einer rabbinischen Jüdin verheiratete Simon in Kyrene bleiben würde, hatte Mönch Jonathan angenommen und aus diesem Grund Rufi auf die Reise durch die Wüste mitgenommen.

Dass Simon in Kyrene blieb, war für Menachem ein Vorteil. Simon war ein beliebter, in der Geschäftswelt und in der Politik gut vernetzter junger Mann, der das familiäre Geschäft an Ort und Stelle überwachen würde. Durch Ehe und Geschäft würde sein allzu heiliger Sohn allmählich zur Ruhe kommen, hoffte der Vater. Simon würde endlich nicht weiter darüber grübeln, was Gott denn eigentlich mit ihm vorhabe. Menachem verstand seinen Lieblingssohn immer weniger. Ein Klostereintritt kam durch die Heirat nicht mehr in Frage und die religiösen Bedürfnisse müssten doch auch weitgehend gestillt worden sein: Simon war Kahen und würde dereinst Nachfolger des Rabbis werden. Er war auch unter den Griechen eine bekannte Persönlichkeit. Er spürte auf geradezu übernatürliche Weise, welche Waren wo gefragt waren, und er war sogar in den Senat gewählt worden. Was wollte der Sohn denn noch?

In der Tat, was wollte Simon? Er war ein glücklicher Mensch. Er hatte eine Frau, die ihn innig liebte und die wunderbare Mutter seiner beiden Söhne war. Dass schwarze und weisse Juden in Kyrene sich zu einem gemeinsamen Volk Gottes vereinigt hatten, war sein Verdienst – mit Gottes Hilfe. Doch etwas in ihm sagte, dass dies noch nicht seine Hauptaufgabe war. Das Wichtigste musste erst noch kommen und das wollte er auf keinen Fall verpassen. Endlich konnte er wieder mit seinem Freund über solche Dinge sprechen.

«Vielleicht offenbart Gott sich dir am Sigdfest», meinte Zafi ahnungsvoll, «und zeigt dir, was er von dir will.» Als Mönch hatte er einen besonderen Zugang zur unsichtbaren Welt.

Das Sigdfest war so etwas wie das Passahfest der Beta Israel. Zwar gedachten auch die schwarzen Juden an die Zeit der Sklaverei in Ägypten und an die zehn Plagen, mit denen der Pharao schliesslich gezwungen worden war, Israel ziehen zu lassen, aber ein eigentliches Fest hatten sie daraus nicht gemacht. In Aksumien gab es keine Trauben, aus denen Wein hätte gekeltert werden können. Wein spielte aber beim Passahfest als Symbol für das Blut eine wichtige Rolle. Die letzte Plage, nach welcher der Pharao die Kinder Israel hatte ziehen lassen, war der Tod der erstgeborenen Söhne gewesen. Die Israeliten hatten an die Türen ihrer Häuser das Blut eines Lammes gegossen, was für den Todesengel ein Zeichen war, diese Häuser zu verschonen. Daran erinnerte in der Passahfeier der Kelch mit dem Wein. In ihrer eigenen Tradition feierten die Beta Israel anstatt des Passahfestes das Fest der Erneuerung des Bundes, den Gott am Sinai mit den zehn Geboten geschlossen hatte. Sigd war ein Tag des Fastens, das am Abend jedoch gebrochen werden durfte. Fastend beteten die Beta Israel voller Sehnsucht darum, Gott wieder wie die Vorfahren als Wirklichkeit erleben zu dürfen, als einen Gott, der mit seinen Kindern redete, sich durch Wunder offenbarte, sie am Tag durch eine Wolke begleitete und nachts durch eine Feuersäule. Nach einem Tag des Fastens kam Gott den Beta Israel wieder so nahe, dass sie die Begegnung mit ihm am Abend mit Jubelgesängen feierten.

Juden meditierten gerne im Schatten eines Feigenbaums. Am Sigdtag sassen Simon und Zafi also mit geschlossenen, nach innen gerichteten Augen in Meditationshaltung schweigend auf ihren Atem konzentriert nebeneinander unter dem Feigenbaum im Hof des Hauses. Als Juden sprachen sie den Gottesnamen Jahwe aus Ehrfurcht nicht aus, aber es war ihnen bewusst, dass jeder Atemzug den hochheiligen Namen wehen liess. Jahwe ist das Erste, was ein

Neugeborenes schreit – Jawäääääh! – und das Letzte, was ein Sterbender aushaucht –Jahwehhhhhh. Und zwischen Geburt und Tod ist jeder Atemzug ein Hauchen des Namens Gottes. Simon und Mönch Jonathan atmeten den Namen Jahwe bewusst ein und aus: Jah- ein und -weh aus, Jah- ein und -weh aus, Jah- ein und -weh aus. Jahwe. Aus Simons Seele stiegen beim Atmen von Gottes Namen innere Bilder auf, Bilder, die kamen und gingen. Doch eines der Bilder wurde immer deutlicher und sank nicht wieder zurück. Über Simons *Jahwe* hauchende Lippen huschte bei diesem Bild ein Lächeln – er war und blieb offenbar der Hyänenflüsterer: In seiner Vision sah er Nigusi. Der Hyänenkönig bewegte sich auf eine Simon unbekannte Stadt zu. Auf einem Hügel schien ein erhabenes Gebäude gleichsam zu schweben. Was wollte Nigusi ihm zeigen? Was war das für eine Stadt? Das Gebäude … jetzt ging ihm ein Licht auf: Das glanzvolle Gebäude war die Quelle der Sehnsucht jedes Juden: der Tempel von Jerusalem.

Einatmen, ausatmen, nicht mehr an Jahwe denken, einatmen, ausatmen, in die sichtbare und greifbare äussere Welt zurückkehren. Er fühlte seinen Körper wieder, er bewegte Arme und Beine. Auch Mönch Jonathan regte und streckte sich.

«Ich habe Nigusi gesehen», erzählte Simon.

«Ich weiss», antwortete sein Mönchsfreund, «ich habe Nigusi und die heilige Stadt Jerusalem auch gesehen. Wie oft hat Nigusi die Stadt umschritten?», fragte Jonathan.

Simon dachte nach. «Siebenmal.»

«In sieben Jahren begegnest du Gott in Jerusalem», folgerte Zafi. «Du wirst eine völlig andere Art von Bundeserneuerung erleben. Du wirst Gott schauen.»

Simon schüttelte den Kopf: «Kein Mensch kann Gott schauen, das konnte nicht einmal Mose. Die Schau der geballten Kraft, die Himmel und Erde geschaffen hat, würde für jeden tödlich enden. Doch vielleicht soll ich ja im verheissenen Land begraben sein. Es ist der Wunsch jedes rabbinischen Juden, im heiligen Land begraben zu sein. Mir als aksumischem Juden war das zunächst fremd, doch seit ich hier bin, habe ich angefangen, wie die rabbinischen Juden zu fühlen, zu glauben und zu denken. Ich werde in Jerusalem ein Stück Land kaufen und auf diesem Stück Land soll man mich, wenn ich dereinst das Zeitliche segne, zur Ruhe betten.»

Das Gespräch der meditierenden Freunde wurde unterbrochen durch Rufus, wie Rufi in Kyrene genannt wurde. «Papa», verkündete der Fünfjährige, «Mama hat etwas Wunderbares gekocht und ruft zum Essen.»

Simon schaute zum Himmel. Tatsächlich, die Sonne ging unter, das Fasten durfte gebrochen werden. Rufus hatte ihn zum ersten Mal Papa genannt und auch von Mama gesprochen. Er hatte das Herz des Kindes gewonnen. Er drückte den Kleinen an sich. Zu seinem Freund sagte er: «Für heute haben wir genug über Jerusalem nachgedacht. Mich hungert, lass uns Jeminas Essen geniessen.» Und zu Rufus meinte er: «Du hast doch sicher auch Hunger, mein Liebling.»

Dieser erwiderte lächelnd: «Ich bin zwar nicht hungrig, Kinder brauchen ja nicht zu fasten, aber wenn Mama kocht, duftet es immer so herrlich. Ich freue mich auf das Essen!»

Apollonia

Apollonia war Kyrenes Hafenstadt. «Ohne Handels- und Kriegsschiffe wäre Rom nie eine Weltmacht geworden», erklärte Simon seinem Freund. «Dabei waren die Römer ursprünglich gar keine Seefahrernation. Sie waren Bauern, die immer noch mehr Land bebauen wollten, kriegerische Bauern, die ganze Länder eroberten. Erst, als Karthago beinahe Weltmacht geworden wäre und ihr Anführer Hannibal bereits mit Kampfelefanten vor der Stadt Rom stand, bauten die Römer nach dem Sieg über Karthago ihre Seemacht aus.» Simon genoss es, ein wenig mit seinen Lateinkenntnissen anzugeben. «Der Schreckensschrei der Römer, bevor sie siegten, lautete: *Hannibal ante portas!* – Hannibal vor dem Stadttor.»

«Und wie haben die Römer über die Elefanten gesiegt?», wollte Rufus wissen.

Simon lachte: «Mit Trompeten! Die Römer haben die Elefanten mit Trompetenlärm zu Tode erschreckt. Die rannten in wildem Durcheinander davon und warfen ihre Krieger ab.»

Rufus jauchzte: «Ich will auch Trompete spielen lernen und die grossen Kühe verjagen.» Elefanten kannte der Kleine.

«Und wie ging der Krieg mit Hannibal weiter?», hakte Mönch Jonathan nach.

«Nachdem die Römer in ihrem eigenen Land gegen die Elefanten gesiegt hatten, gelang es ihnen auch, die karthagischen Schlachtschiffe zu versenken. Und so bauten sie eine eigene Marine auf und nahmen Nordafrika ein. Doch selbst heute besteht die Besatzung auf den römischen Schiffen vor allem aus Griechen», fuhr Simon fort. «Darum ist der Handelsplatz Kyrene ja auch eine griechische Stadt.»

Sie waren unterwegs zum Hafen. Mönch Jonathan und Rufus hatten das Meer noch nie gesehen. «Sind die Schiffe gleich gross wie unsere Papyrusboote?», erkundigte sich Rufus.

Simon schmunzelte. «Bleibt mal stehen», sagte er zu den beiden. Er machte vierzig Riesenschritte. «So lang wie von euch zu mir sind die römischen Schiffe.»

«Soooooo lang», staunte der Kleine, «und wie breit?»

Simon machte neun Schritte.

«Das sind ja Paläste!», rief das Kind aus.

«Sehr richtig, mein Sohn, das sind schwimmende Paläste oder noch besser schwimmende Markthallen, beladen mit Waren.»

«Und wer ist auf diesen Schiffen?», kam die nächste Frage.

Wieder musste Simon die Antwort geben: «Da sind der Kapitän und der Steuermann, dann der Nautiker, der mit Hilfe der Sonne und der Sterne den Kurs bestimmt ...»

«Mit Sonne und Sternen den Weg finden wie wir in der Wüste», fuhr der Sohn dazwischen, «nicht wahr, Onkel Jonathan?»

«Wahrscheinlich schon», meinte dieser.

«Weitere Leute auf dem Schiff sind die Matrosen und die Händler», setzte Simon seine Aufzählung fort, «Händler, die ihre Waren begleiten, und irgendwelche andere Reisende. In der Wüste gibt es ja auch Reisende. Auf einem Schiff sind gut 300 Leute oder sogar noch mehr.»

«Und die Schiffe sind aus Papyrus?»

«Nein, Kind, aus Holz aus Bäumen mit ganz dicken Stämmen. Ich habe gehört, dass es im Ursprungsland der Römer, welches Italien heisst, viele Wälder mit solchen Bäumen gab, doch jetzt sind diese Wälder abgeholzt, weil das viele Holz für die Schiffe gebraucht worden ist.»

«Und warum brauchen die Römer so viele Schiffe?»

«Weil das Meer genauso gefährlich ist wie die Wüste. Es braucht immer wieder neue Schiffe. Viele gehen verloren.»

«Wegen der Flusspferde?»

«Nein, im Meer gibt es weder Flusspferde noch Krokodile. Aber es gibt Stürme, die Wasserwellen schlagen, die so hoch sind wie die Sandberge, die du in der Wüste gesehen hast. Die schütten die Schiffe zu wie die Sandberge die Karawanen.»

Rufus war beeindruckt. Wasserwellen so hoch wie Sandberge! Er hoffte, solche Wasserwellen eines Tages zu sehen.

Und dann standen sie am Meer. Nicht nur Rufus griff mit der Hand in das Wasser und kostete, sondern auch Mönch Jonathan. Beide machten dasselbe verblüffte Gesicht. «Das ist ja Salz!» Rufus rannte freudig im Sand hin und her. Bald brachte er seinem Vater eine Handvoll Muscheln, die er gesammelt hatte. «Gab es hier früher Höhlen und Felsen?» fragte er.

«Nein, es gab hier nie Höhlen. Wie kommst du darauf?»

«Weil ich in der Wüste in den Höhlen und Felsen solche Schalen gefunden habe.»

Simon schüttelte den Kopf. «Es war wohl eher umgekehrt. Dort, wo in der Wüste Höhlen und Felsen sind, war früher wahrscheinlich ein Meer, aber genau weiss ich es auch nicht. Doch eines weiss ich ganz gewiss», sagte er stolz, «unser grosser Fluss zuhause floss früher in einer anderen Richtung durch die Wüste als heute.»

Rufus begann zu weinen. Simon verstand. Die Erinnerung an Zuhause hatte das Kind an seine Mama und den Ziehvater denken lassen. Er nahm den Kleinen in die Arme und wiegte ihn sanft. Dann schwang er ihn Huckepack auf seinen starken Rücken. So schlenderten die drei zum Hafen, wo der Mönch und der Kleine die Augen vor Staunen weit aufrissen. Geschützt von einer Hafenmauer standen die riesigen Markthallenkolosse bewegungslos im Wasser. Über Brücken und Stege, aber auch mit kleineren Booten wurden Waren ein- und ausgeladen: schwere Marmorblöcke, Schläuche mit Wein oder Öl.

Rufus war entzückt, einige der schwarzen Lastenträger noch von zuhause zu kennen. «Die Ballen mit den Haritüchern sind mit uns durch die Wüste gereist», stellte er stolz fest.

Simon zeigte auf einige Kisten. «In den Kisten ist feinstes römisches Glas. Onkel Jonathan wird sie mit seiner Karawane mit nach Aksumien nehmen.»

Zafi, der nicht nur die im Hafen vor Anker liegenden Frachtschiffe betrachtete, sondern die Augen über das offene Meer schweifen liess, fragte auf einmal ganz aufgeregt: «Was ist das für ein Schiff da draussen, schlank und flach und mit ...» Er begann zu zählen: «... eins, zwei, drei, vier ... zwanzig ... fünfzig ... hundert ... zweihundert ... mit 290 Ruderern?»

«Das sind Kriegsschiffe», erklärte Simon, «Galeeren. Galeere ist griechisch und heisst Wiesel. Die Galeeren sind flink wie Wiesel. Sie transportieren keine Waren. Galeeren werden als Schutzschiffe gegen Piraten und Schmuggler eingesetzt.»

«Was sind Piraten?», wollte Rufus wissen.

«Piraten sind Seeräuber.»

«Seeräuber wie Wüstenräuber?»

«Ja, genauso.»

«Das muss eine anstrengende Arbeit sein», meinte Mönch Jonathan. «Werden diese Schwerarbeiter gut betreut?»

«Nein, überhaupt nicht», bedauerte Simon. «Man lässt sie sterben, wenn sie krank werden. Es ist billiger, frische Ruderer anzuheuern, als die Kranken mit teuren Medikamenten gesund zu pflegen.»

Zafi war erschüttert. «Lässt der Glaube der Römer an Götter und Göttinnen solche Zustände zu?», fragte er entsetzt.

«Die Römer haben nicht unseren Gott, der die Menschen liebt, und die Schwachen unter ihnen ganz besonders», erklärte Simon. «Die Götter der Römer sind zu sehr mit sich selber beschäftigt, als dass sie sich liebevoll um Menschen kümmern würden. Die Römer müssten schon unseren Gott kennenlernen, damit sich etwas ändern würde. Du bleibst zu wenig lange bei uns, als dass ich dir alles zeigen könnte. Aber im Amphitheater, das du ja gesehen hast, gibt es furchtbare Spiele, da bringen Männer einander gegenseitig um. Sie nennen das Gladiatorenkämpfe. Und du solltest einmal sehen, was sie mit politischen Gefangenen machen. Sie nageln sie an Kreuze oder lassen sie im Theater gegen Löwen kämpfen.»

«Das ist ja wie bei Abuznegus», liess sich nun auch Rufus wieder vernehmen.

«Diese schrecklichen Zustände lassen mich unsere heilige Schrift besser und tiefer verstehen», bekannte Zafi, «jedenfalls nach eurer rabbinischen heiligen Schrift, die noch etwas weiter entwickelt ist als unsere Beta-Israel-Bibel. Mir hat in der Jehuda-Bibel das Wort gefallen: *Und Weisung wird ausgehen von Zion und das Wort des Herrn aus Jerusalem. Und er wird Recht sprechen zwischen den Völkern und Weisung geben vielen Nationen; und sie werden ihre Schwerter zu Pflugscharen schmieden und ihre Spiesse zu Rebmessern. Kein Volk wird wider das andere das Schwert erheben und sie werden den Krieg nicht mehr lernen.* Das Wort des Herrn aus Jerusalem, Simon, das Wort des Herrn aus Jerusalem!» Der Mönch war auf einmal sehr erregt. Er blickte Simon bedeutungsvoll an.

«Vergiss das augenblicklich, Zafi!», unterbrach ihn Simon. «Ich als bescheidener Kahen aus Kyrene werde nicht das römische Reich verändern!»

«Du nicht, Simon», beharrte Zafi, «aber Gott, den du sehen wirst. Es war ja auch nicht Mose, der unsere Vorfahren aus Ägypten führte, sondern Gott.»

«Aber Gott durch Mose», winkte Simon ab, «durch den grossen Mose, nicht durch den kleinen Kahen.»

«Der grosse Mose war einmal ein kleines hilfloses Kind in einem Körbchen in dem grossen Strom und gestottert hat er ein ganzes

Leben lang», ereiferte sich der Mönch. «Und der Hyänenflüsterer stottert kein bisschen, er kann so predigen, dass die Herzen für Gott warm werden.»

Simon blickte etwas verlegen. Er wusste um seine rednerische Begabung. Was sollte er sagen? Was sollte er tun?

Der Sohn rettete ihn aus seiner Verlegenheit: «Papa, können wir auf ein Schiff gehen? Ich möchte so gerne ein Schiff von innen sehen.»

Simon war dankbar, dass der kleine Rufus dem Gespräch der Grossen eine andere Wendung gab. Dass sein Auftrag in Jerusalem etwas mit dem römischen Reich zu tun haben sollte, das kam überhaupt nicht in Frage. Andererseits, warum sonst wollte Gott ihn unbedingt in Jerusalem haben?

«Papa, ich habe dich etwas gefragt», rief der kleine Huckepack.

«Gewiss, mein Liebling. Da kommt der Händler, dem ich die Glaslieferung verdanke. Er ist unterwegs zu dem schönen Schiff mit dem Schwan als Heckverzierung.»

Der römische Händler Applius war gerne bereit, einem dunkelhäutigen Kind, das den schönen lateinischen Namen Rufus trug, das Schiff zu zeigen.

Zwei Tage nach dem Besuch im Hafen trat Mönch Jonathan mit der Karawane die Rückreise durch die Wüste nach Bahir an. Die beiden Freunde sahen sich nie wieder, aber sie blieben brieflich und durch Gebetstelepathie eng miteinander verbunden.

Ein ereignisreicher Tag

«Wie man von Kyrene nach Jerusalem kommt?» Rabbi Tovia runzelte die Stirn. «Es gibt keine Karawanenwege, die durch Ägypten ins heilige Land führen. Der für Jerusalem zuständige Hafen heisst Caesarea. Doch von Kyrene nach Caesarea gibt es kaum Schiffe. Alle Schiffhandelswege sind nach Rom ausgerichtet, von Kyrene mit Zwischenstationen nach Rom und von Rom nach Caesarea. Als ich nach Jerusalem reiste, überquerte ich in einem Schiff das *Mare Nostrum* bis zur Zwischenstation Korinth und von dort gelangte ich mit einem anderen Schiff nach Caesarea. Die Reise dauerte ein halbes Jahr. Doch das spielte keine Rolle, ich habe in Jerusalem drei Jahre studiert. Aber du willst ja in Jerusalem nicht studieren, sondern eine Grabstätte kaufen.»

«Oh, eigentlich könnte ich auch studieren, wenn auch nicht gerade drei Jahre; viel Rabbinisches habe ich ja von dir gelernt.»

«Ich habe mich bemüht, dich in den Talmud einzuführen», anerkannte Tovia, «den ihr Beta Israel ja nicht kennt, doch in Jerusalem gibt es ganz andere Gelehrte als ich es bin.»

«Ich weiss, du hast viel von Rabbi Schammai gelernt.»

«Halt», protestierte der Rabbi, «ich habe vor allem bei dem weltoffenen, gütigen Rabbi Hillel studiert; der strenggläubige Schammai war mir zu stur.» Er brach in Lachen aus.

«Warum lachst du, Vater?»

«Hör mal, was ich erlebt habe», grinste der Rabbi. «Ein Goi, der Jude werden wollte, meldete sich bei Schammai und sagte: 'Wenn du imstande bist, mir in der Zeitspanne, in der es mir möglich ist, auf einem Bein zu stehen, die Lehre des Judentums zu erklären, trete ich zum Judentum über.' Der Gelehrte hatte gerade eine Elle in der Hand. Mit dieser stiess er den Goi von sich und brüllte: 'Mach, dass du fortkommst, du Gottloser!' Ich war empört und führte den Goi zu Hillel, bei dem er dasselbe Anliegen vorbrachte. Hillel lächelte, hiess den Goi auf ein Bein stehen und sagte: 'Was dir nicht lieb ist, das tue auch deinem Nächsten nicht. Das ist die ganze Gesetzeslehre, alles andere ist nur die Erläuterung. Und jetzt setz dich und lerne.' Der Goi war begeistert; er wurde Jude und studierte Thora und Talmud bei Rabbi Hillel.»

Simon nickte. «Alles, was mir guttut, auch dem Nächsten tun, das ist gut mosaisch. Mose sagt: *Du sollst deinen Nächsten lieben wie dich selbst.* Und dieses Wort der Nächstenliebe steht genau in der Mitte der Thora. Also ist die Nächstenliebe die Mitte unseres Glaubens, das, worauf es ankommt.»

Der Rabbi war bewegt von der Erkenntnis des Kahen. Was der junge Mann gesagt hatte, war in der Tat gut mosaisch, aber auch beste Hillel-Theologie.

«Natürlich lebt Rabbi Hillel längst nicht mehr», erklärte er seinem designierten Nachfolger. «Doch sein Enkel Gamaliel ist ein ebenso guter Lehrer, und auch Nikodemus hat eine wertvolle Lehre.» Der Grossvater von Simons Frau war bei seinem theologischen Diskurs so richtig in Fahrt gekommen. Er wäre selber auch gerne theologischer Lehrer geworden wie Hillel, doch die theologischen Lehrstühle waren nun einmal in der heiligen Stadt Jerusalem und nicht in Kyrene. Er nahm die Gelegenheit wahr, seinen Herzensenkel weiter in die Lehre des Talmud einzuführen. «Im Talmud lernen wir, extreme Lehrmeinungen miteinander zu verbinden. Deshalb muss jeder Theologiestudent die verschiedenen Meinungen, wie sie im Talmud stehen, kennen und sie überbrücken. Wenn Rabbi Schammai von einer Sache das Urteil trifft: *Nie!* und Rabbi Hillel von derselben Sache sagt: *Immer!*, dann macht der Student daraus ein *Manchmal.* Das muss man im rabbinischen Theologiestudium trainieren. Ich gebe dir ein Beispiel: Im Talmud steht, dass Rabbi Schammai im Blick auf viel Übles, das Menschen tun, gesagt hat: *Es wäre besser, der Mensch wäre nicht geboren worden, als dass er erschaffen wurde.* Rabbi Hillel dagegen sagt: *Es ist besser, dass der Mensch erschaffen wurde, als dass er nicht erschaffen worden wäre.* Was machst du mit diesen Lehrmeinungen, lieber Kahen?»

Simon überlegte: «Ich bin auf der Seite von Hillel», gestand er, «aber ich verstehe die Meinung von Schammai. Ich würde also sagen: Es ist gut, dass der Mensch erschaffen wurde, damit er mit der Hilfe Gottes eine bessere Welt schaffen kann; denn nur mit Gott oder nur mit dem Menschen wird es nie eine bessere Welt geben.»

Tovia klopfte Simon auf den Rücken. «Wunderbar, Herzensenkel, mit dir wären Schammai und Hillel zufrieden.»

Die Gespräche mit Jeminas Grossvater begleiteten Simon bis ins Ehebett. Als er sein Täubchen streichelte und liebkoste, flüsterte er: «Was hat Gott zuerst erschaffen, den Himmel oder die Erde? Rabbi Schammai ist der Meinung: *Gott hat zuerst den Himmel erschaffen*. Rabbi Hillel dagegen lehrt: *Gott hat zuerst die Erde erschaffen*. Ich bin für Hillel. Weil Gott zuerst die Erde erschaffen hat, sind wir für die Erde verantwortlich; denn wir sind ein Teil der Schöpfung Erde.»

Jemina biss Simon zärtlich ins Ohr und flüsterte: «Ich bin für Schammai: Gott hat zuerst den Himmel erschaffen, damit wir als Mann und Frau zuerst den Himmel geniessen, bevor Kinder geboren werden, um die wir uns dann kümmern müssen. Und jetzt ist Schluss mit Hillel und Schammai. Es gibt nur den Hyänenflüsterer und sein Täubchen und nichts anderes.»

Der Talmud, den die Beta Israel ja nicht gekannt hatten, faszinierte den Kahen. Beim Frühstück, als er seine wunderschöne Frau mit Alexander an der Brust liebevoll betrachtete, kam es trotz seiner Verliebtheit wieder über ihn und er sagte: «Darf man einer nicht besonders schönen Braut an ihrem Hochzeitstag sagen: 'Du bist die schönste Braut auf dieser Welt?' Schammai sagt: *Das darf man nicht sagen, man muss bei der Wahrheit bleiben*. Hillel sagt: *In gewissen Situationen darf man um der Liebe willen lügen, man darf selbst einer hässlichen Braut sagen, dass sie schön ist*. Was meinst du, Täubchen?»

Jemina seufzte lachend: «Mein lieber Hyänenflüsterer, du bist schlimmer als mein Grossvater. Kann man denn nicht einfach das Frühstück geniessen ohne irgendwelche Rabbi-Lehrmeinungen?»

Rufus dagegen warf begeistert den KusKus-Löffel von sich und rief mit leuchtenden Augen: «An ihrer Hochzeit, in schönen Kleidern und mit ihrer ganzen Freude über den Bräutigam ist jede Braut schön!»

Simon nahm den Sohn bewegt in die Arme. «Mein Liebling, mein kleiner Hillel, das hast du wunderbar gesagt!»

Auch Jemina war gerührt. «Ganz der Papa, ganz der Papa», lobte sie. Dann roch sie an Alexander. Sie streckte den Kleinen ihrem geliebten Mann entgegen und meinte: «Gemäss Schammai darfst du dich jetzt um ein Stück Schöpfung kümmern.»

«Papa, ich helfe dir», rief Rufus eifrig. Er liebte sein Brüderchen innig und fühlte sich wie im Himmel, wenn er Alexander wickeln durfte.

Nach dem Wickeln eilte Simon zum Hafen. Er schien es geradezu zu riechen, wenn ein Schiff anlegte. Von den römischen Händlern hatte er das lateinische Sprichwort gelernt *sero venientibus ossa – den zu spät Kommenden die Knochen.* Simon kam nie zu spät. Er war ein guter Händler.

Er war aber auch ein guter Senator. Juden mit ihrer Liebe zum geschriebenen Wort Gottes hatten grosses Verständnis für die Bedeutung der Kunst des Lesens und Schreibens und so war dank Simon in Kyrene die allgemeine Schulpflicht eingeführt worden. Der Kahen verstand es auch zu delegieren. Eines Tages würde er mit Frau und Kindern für längere Zeit nach Jerusalem verreisen und als gelehrter Rabbi wieder nach Kyrene zurückkehren. Während seiner Abwesenheit musste die Umladung der kostbaren Güter vom Seeweg zum Transport durch die Wüste reibungslos weitergeführt werden. Das Studium in Jerusalem würde zwar wichtig sein, wie auch das Feld für die letzte Ruhestätte wichtig sein würde, doch beides war nur der äussere Grund für seine Reise nach Jerusalem. Wichtig würde das Schauen Gottes sein. Er würde ja, was nicht einmal Mose vergönnt gewesen war, Gott schauen, und falls das Schauen tödlich verlaufen sollte, würde er in Jerusalem wenigstens eine Grabstätte haben. Allerdings rechnete er nicht allzu sehr mit einem tödlichen Ausgang des bevorstehenden Ereignisses. Der ehrwürdige Rabbi Tovia hatte ihn schliesslich als Nachfolger bestimmt, und das war bestimmt der Wille Gottes.

Jemina hatte es nicht leicht mit ihrem seltsamen Heiligen. Es gab Nächte, da lag der Geliebte nicht in ihren Armen, sondern verbrachte die Zeit bis zum Tagesanbruch in den Bergen im Gespräch mit den Büschen und Bäumen, mit Falbkatzen, Füchsen, Wildeseln und Gazellen. Staunend stellten die Kyrener fest, dass der fast ausgestorbene nordafrikanische Elefant, den ältere Menschen noch häufig gesehen hatten, wieder aufgetaucht war. Hyänen waren nicht vom Aussterben bedroht, doch schienen auch sie sich in letzter Zeit in der Umgebung von Kyrene besonders anzusiedeln. An und für sich waren Hyänen nachtaktiv, doch waren einzelne Exemplare dieser überaus hässlichen Tiere am helllichten Tag an der Stadtmauer gesehen worden, wo sie sich an den Abfallhäufen gütlich taten. Keine dieser Hyänen war mit Simon eine Beziehung eingegangen wie Nigusi, doch er kannte jede einzelne von ihnen mit Namen. Dass Hyänen hässlich waren, war ihm in der alten Heimat gar nie aufgefallen, doch jetzt schien ihre Hässlichkeit ihm geradezu eine Botschaft zu vermitteln. Wenn er über die in Jerusalem bevorstehende Gottesschau nachdachte, hatte er sich Gott immer als den Höhepunkt aller Schönheit und Herrlichkeit vorgestellt. Doch jetzt, wenn er nachts, in einem Rudel von Hyänen sitzend, mit Gott in Verbindung trat, musste er immer an das Wort aus der heiligen Schrift denken: *Er hatte weder Gestalt noch Schönheit. Verachtet war er und verlassen, ein Mann der Schmerzen, vertraut mit Krankheit, wie einer, vor dem man das Antlitz verhüllt, so verachtet, dass er uns nichts galt. Und er war doch durchbohrt um unserer Sünden, zerschlagen um unserer Verschuldungen willen; die Strafe lag auf ihm zu unserem Heil, und durch seine Wunden sind wir genesen.* Hyänen waren für Griechen, Römer und rabbinische Juden hässliche Tiere – für Simon waren es Lebewesen mit einer besonderen Schönheit. Gott hatte nichts Hässliches geschaffen. Wer war dieser Verachtete, dieser Hyänen-Hässliche mit verborgener Schönheit in dem Schriftwort? Der Rabbi-Grossvater lehrte ihn, dass dieser Mann für die meisten jüdischen Theologen für das unterdrückte, verachtete jüdische Volk stehe. Einige wenige Gelehrte dagegen fänden, das müsse der Messias sein, was aber für ihn, Rabbi Tovia, nicht infrage komme, denn der Messias werde ja schliesslich ein mächtiger König sein. Für Simon bot weder die Lehrmeinung der einen noch die der andern eine befriedigende Antwort. Wie würde wohl König Salomo die weise Antwort finden? Vermutlich im Gespräch mit Pflanzen und Tieren. Da sich das Wort über Hässlichkeit und Verachtung in der nächtlichen Stille bei den Hyänen in seine Seele gedrängt hatte, würde er wohl auch unter ihnen auf die Antwort warten müssen.

Das Kosewort, das Simon für seine Frau benutzte, war Täubchen, sie nannte den Mann ihres Lebens zärtlich Hyänenflüsterer. Lachend pflegte sie zu sagen: «Es gibt Frauen, die müssen ihren Mann mit anderen Frauen teilen, ich teile ihn mit Hyänen.» Sie war überzeugt, dass die Zunahme der Hyänen, aber auch das Wiederauftauchen der fast ausgestorbenen nordafrikanischen Elefanten etwas mit ihrem Mann zu tun hatte. Sein salomonisches Blut rief diese Tiere.

Auch in Rufus regte sich das salomonische Blut. Er war nun sieben Jahre alt. Dass Simon nicht jede Nacht zuhause war, hatte er festgestellt, wenn er mitten in der Nacht Lust verspürte, zu Mama und Papa unter die Decke zu schlüpfen, und nur die Mama vorfand. Als die Mama eines Tages ärgerlich mit einem Tuch nach einer lästigen Fliege schlug und sich diese auf seinen Arm flüchtete, betrachtete der Knabe das Krabbeltier andächtig und eröffnete seiner Mama: «Die Fliege hat mir gesagt, dass in ihrer Welt die Fliegen mit Tüchern nach den Menschen schlagen.»

Die Mutter musste lachen, doch sie nahm die Sache ernst. Der Sohn schien eine ähnliche Begabung zu haben wie der Papa. Als sie sich nachts an den Hyänenflüsterer kuschelte, schlug sie ihm vor: «Geliebter, nimmt doch bei deinem nächsten nächtlichen Ausgang unsern Rufus mit.» Sie erzählte ihm die Sache mit der Fliege und folgerte daraus: «Unser Sohn hat eine Begabung, die früh genug entwickelt werden muss.» Jemina zweifelte keinen Augenblick an der Fähigkeit ihres Gatten, mit Pflanzen und Tieren zu reden.

Rufus war begeistert davon, gewisse Nächte mit Papa im Freien verbringen zu dürfen. In einer lauen Vollmondnacht begaben sich die beiden Hand in Hand ans Meer. Hyänen waren keine zu sehen, diese hielten sich lieber in den Bergen auf. Nicht einmal ihr Lachen war aus der Ferne zu hören. Dafür standen auf einmal zwei riesige Elefanten vor ihnen. Sie sahen ähnlich aus wie die Elefanten in der alten Heimat, wenn auch ein bisschen heller. Der Bub lachte. «Die Elefanten in Bahir sind wie die dunkelhäutigen Beta Israel, die Hellhäuter hier sind rabbinische Elefanten. Die beiden heissen Mambo und Tambo, sagen sie mir.» Er liess sich von ihren Rüsseln zärtlich berühren. «Sie wollen, dass ich auf ihnen reite.» Er liess sich gerne mit dem Rüssel packen und auf Mambos Elefantenrücken heben. Simon stieg auf Tambo. Es war ein schöner gemächlicher Ritt über den sandigen Strand. Bei der Dattelpalmenbucht setzte Mambo Rufus auf einen weichen Sandhügel. Um seine Kraft zu zeigen, tat Tambo geradezu schalkhaft dasselbe mit Simon. Es knackte, als die Elefanten mit ihren Rüsseln ganze Datteltraubenstände aus den Palmen brachen und schöpfungsgeschwisterlich mit Simon und Rufus teilten. Die beiden Tierriesen waren äusserst verspielte Wesen. Sie fassten Rufus wie einen Ball und warfen ihn einander zu, ihn immer wieder sanft mit dem Rüssel auffangend. Der Kleine jauchzte vor Vergnügen. Sie waren aber auch sehr meditativ. Nach dem Spiel setzten sie Rufus neben seinen Vater, kauerten sich nieder und verhielten sich still. In den Palmen rauschte ein leiser Wind. Rufus hörte die Sterne singen, doch bald einmal merkte er, dass es gar nicht die Sterne waren, sondern dass sich der Singsang seines Papas mit den sachten, an Trompeten erinnernden Tönen der beiden Riesen vermischte. Bei Tagesanbruch liessen diese Vater und Sohn wieder aufsteigen und brachten sie bis vor das östliche Stadttor von Kyrene.

Die römischen Wachen grinsten, als sie die Elefanten mit ihren Reitern nahen sahen. Einer gab sich erschrocken und schrie: «Hannibal ante portas!» Dann aber fragten sie erstaunt: «Wo gibt es denn hier eine Farm mit zahmen Elefanten?»

«Das sind keine zahmen Elefanten, das sind freilebende Elefanten», belehrte Rufus sie stolz.

Die Römer brachten vor Staunen den Mund nicht mehr zu, als sie sahen, dass die beiden Elefanten tatsächlich allein in Richtung der Bergwälder verschwanden.

Zuhause trat ihnen Jemina im Hof schreckensbleich entgegen. «Alexander ist verschwunden! Haus und Hof sind abgeschlossen, er konnte unmöglich weglaufen und doch ist er nicht mehr da. Sein Bettchen ist leer.»

Magd Adelfa und Knecht Linos standen mit hängenden Schultern und Tränen in den Augen ebenfalls im Hof. «Wir haben jeden Winkel im Haus durchsucht, in jeden Schrank und unter jeden Tisch und Stuhl geguckt, jedes Kissen umgedreht», beteuerten sie. «Gott sei Dank auch keine Spur von dem Kleinen im römischen Bad.» Sie hatten das Wasser mit Stangen nach Alexander durchsucht.

Simon war entsetzt. Rufus dagegen lachte spitzbübisch. Er kroch in die Hundehütte und kam mit Alexander und Hund Cano wieder zum Vorschein, Alexander gesund und munter auf seinen schwachen Beinchen auf die Mama zu trippelnd, Cano freundlich mit dem Schwanz wedelnd. Jemina bedeckte das Kind mit Küssen. «Wir haben einen Hundeflüsterer», seufzte sie erleichtert und sank Simon in die Arme.

«Und einen Elefantenflüsterer», ergänzte Rufus stolz.

«Was ist denn hier los?» Rabbi Tovia stand im Hof. Das Gerücht von dem Elefantenritt des Kahen und seines Urenkels war bereits bis zu ihm gedrungen. Als er in den Hof trat, geriet er in einen Strudel von Tränen, Lachen, Kinderabküssereien und Gesprächsbrocken über ein Ballspiel von Elefanten, Hannibal ante portas, Alexander, Hundehütten und Cano. Als er sich endlich ein zusammenhängendes Bild von den Ereignissen machen konnte, strich er sich befriedigt über den Bart: «Was Hyänen, ballspielende Elefanten und Hunde anbetrifft, leben wir in einer prophetischen Zeit», erklärte er feierlich. «Denn so steht es bei den Propheten: *Da wird der Wolf zu Gast sein bei dem Lamme und der Panther bei dem Böcklein lagern. Kalb und Jungleu weiden beieinander, und ein kleiner Knabe leitet sie. Kuh und Bärin werden sich befreunden und ihre Jungen werden zusammen lagern; der Löwe wird Stroh fressen wie das Rind. Der Säugling wird spielen am Loch der Otter und nach der Höhle der Natter streckt das kleine Kind die Hand aus. Nichts Böses und nichts Verderbliches wird man tun auf meinem ganzen heiligen Berge; denn das Land ist voll von Erkenntnis des Herrn wie von Wassern, die das Meer bedecken.*»

Jemina gab Adelfa einen Wink und diese eilte in die Küche, um Teig zu kneten. Linos schaffte Holz herbei für das Küchenfeuer und bald schon war das Haus erfüllt vom herrlichen Duft aksumischer Buna-Bohnenkohlenbrühe. Täubchen wusste nur zu gut: Wenn ihr Grossvater zu predigen anfing, fand er kein Ende, und da war es gut, wenn man dazu essen und trinken konnte. Und in der Tat, Rabbi Tovia erzählte bei Kuchen und dickem heissem Bunagetränk, wie er sich als junger Mann in den Bergen verirrt hatte und sich von Nacht und Kälte überrascht hinlegen musste. Gewiss wäre er in jener Nacht erfroren, wenn nicht eine Hyäne gekommen wäre und sich wärmend über ihn gelegt hätte. Jemina hatte diese Geschichte schon oft gehört, für Simon war sie neu. Sie bewegte ihn. Sie war ein Erweis der Wirksamkeit Gottes, wie er ihn selber ja auch immer wieder erlebte. Grossvater, Eltern, Knecht und Magd und Kinder begannen zu singen und zu beten und Gott zu danken.

Doch auf einmal wurden sie gestört. Was war das? Aus dem Hof drang Lärm zu ihnen. Sie unterbrachen das Gotteslob und eilten vor die Tür. Simon stiess einen Freudenschrei aus. Im Hof standen Menachem und Simons Brüder Asarja und Jabes und die sie begleitenden Männer, müde und verschwitzt. Die Bahir-Karawane war in Kyrene eingetroffen. Nach der stürmischen Begrüssung führte Simon Vater und Brüder mit ihren Begleitern ins Bad, stieg mit ihnen ins wohltuend heisse Wasser und schrubbte ihnen den Rücken. Jemina brachte frische Gewänder, Linos kümmerte sich um die Schlachtung des Mastkalbs, Adelfa eilte auf den Markt, um Gemüse und Früchte zu besorgen. Frisch aus dem Bad herzte und küsste Menachem seine Enkel. Asarja überreichte Jemina einen Sack mit gerösteten Bunabohnen und Jabes drückte Simon mehrere Briefe von Jonathan in die Hand. Ein ereignisreicher Tag neigte sich dem Ende entgegen.

Caffeum

Mit Spannung las Simon die Briefe, die er von Jonathan erhalten hatte. Zafi nannte sich in den Briefen neuerdings nur noch bei seinem Ordensnamen Jonathan. Aus der täglichen Telepathieverbindung wusste Simon bereits vieles von dem, was der Freund in den Briefen berichtete, aber nicht alles. Königin Kandaze hatte im ganzen Land eine Versöhnung zwischen den Abuznegus-Anhängern und den Beta Israel angeordnet. Der von der Königin ernannte Beta-Israel-Finanzminister hatte Bahir bereits einen Besuch abgestattet und Geld gesprochen für den Umbau des grossen Dorfs in eine richtige Stadt. Die Arbeiten an der Stadtmauer kamen gut voran. Bruder Henoch hatte das Kloster verlassen und wirkte in der örtlichen Beta-Israel-Gemeinschaft als Kahen. Die neue grosse Mesgid war zwar im alten Stil als Rundbau errichtet worden, aber nicht mehr aus Kuhdung, sondern aus kunstvoll behauenen Steinen. «Du würdest Bahir kaum mehr wiedererkennen», schrieb Jonathan, «Bahir wird zu einem kleinen Aksum.» Auf den alten Namen hatten die Einwohner verzichtet. Kaparnum erinnerte an die Zeit des Dorfes, Bahir war ein besserer Name für die Stadt. Durch die Verfolgungen war in der Bevölkerung das Interesse an den Beta Israel geweckt worden, die Konversionskurse von Kahen Henoch wurden rege besucht. Von den Konversionen hatte auch die Klöster profitiert, sowohl in den Bruder- als auch in den Schwesternschaften hatte es Neueintritte gegeben. Simon schmunzelte, als er von der persönlichen Begegnung des Freundes mit dem Finanzminister las. Jonathan hatte dem Finanzminister von den hellhäutigen Juden berichtet. Simon erinnerte sich bei Jonathans Erzählung an seine ersten Gottesdienste in Kyrene bei den rabbinischen Juden, die sich ebenso wenig hatten vorstellen können, dass es dunkelhäutige Juden gab, wie er selber erst staunend hatte lernen müssen, dass es auch hellhäutige Juden gab. Jonathan beschrieb die ungläubig funkelnden Augen des Finanzministers, als er ihm von den hellhäutigen Beta Israel berichtete. Er hatte dem Minister auch erzählt, dass Beta Jehuda und Beta Israel in ihrer heiligen Schrift nicht dieselben Bücher hatten. «Wer weiss», schrieb Zafi, «wenn du nach Ablauf der von Gott bestimmten sieben Jahre nach Jerusalem gehen wirst, wirst du dort unseren Finanzminister treffen. Er will unbedingt eines Tages nach Jerusalem pilgern und dort die ihm noch unbekannten Bücher der heiligen Schrift kennen lernen.»

«Störe ich, Sohn?»

Simon blickte von seinen Briefen auf. «Ein Vater darf seinen Sohn immer stören», meinte er lächelnd. «Was kann ich für dich tun, Papa?»

«Ich bin und bleibe Geschäftsmann», erklärte Menachem. «Unser Bunagetränk ist so wunderbar, es müsste auf der ganzen Welt bekanntgemacht werden. Ich habe mehrere Säcke mit Bunabohnen mitgebracht, doch ausserhalb von Aksumien hat noch niemand Gefallen an unserem Nationalgetränk gefunden – dabei ist allein das Ritual schon eine Wohltat. Könntest du nicht ein paar prominente griechische und römische Gäste zum Essen einladen? Der Höhepunkt wäre eine aksumische Bunazeremonie. Es würde die Wirtschaft deiner alten Heimat fördern, wenn wir die Bewohner des römischen Weltreichs zum Buna-Trinken verführen könnten.»

«Ich habe darüber auch schon nachgedacht», gestand Simon. «Es trifft sich gut: Heute Morgen ist Lucretius, der Glas-, Öl- und Getreidehändler, in Apollonia eingetroffen. Ich werde Linos mit einer Einladung zu ihm schicken. Den römischen Hauptmann Aebutius mit seiner Freundin Chloe erwarten wir ohnehin bereits zum Abendessen. Auch Synesimos, der Oppositionsführer im Senat, wird mit Gattin Amalia kommen. Eine Gazelle, die mir mitgeteilt hatte, dass sie sterben wollte, hat Linos bereits erlegt. Römer und Griechen lieben Gazellenfleisch. Unsere Beta-Israel-Nachbarin Samravit ist eine ausgezeichnete Buna-Zeremonienmeisterin.»

In Aksumien war es Brauch, dass geladene Gäste ein kleines Geschenk mitbrachten, um den Hausherrn und die Hausdame zu erfreuen. In Kyrene hatte Simon sich an die römische Sitte gewöhnen müssen, umgekehrt den Gästen etwas zu schenken. Die Gäste wiederum drückten ihre Hochachtung für ein gutes Essen dadurch aus, dass sie nichts übrigliessen, sondern alles aus der Fülle von Leckerbissen Übriggelassene in mitgebrachte Sklavenbeutel einpackten und zuhause ihren Sklavinnen und Sklaven vorsetzten. Hätten sie nichts mitgenommen, wäre das für die Gastgeber eine Beleidigung gewesen. «Andere Länder, andere Sitten», sagte Simon sich, als er die Gäste mit ihren Beuteln begrüsste und ihnen von Linos die Füsse waschen liess. Als Dank für ihr Kommen erhielten die Damen ein kleines Armband mit versteinerten Muscheln und Schnecken aus den Wüstenhöhlen.

Die Gazelle mit Bergkräutern und KusKus schmeckte allen. Beim Honigwein waren es dann die Griechen und Römer, welche an das Wort von den anderen Ländern und anderen Sitten dachten, doch sie sprachen dem fremden berauschenden Getränk begeistert zu und wurden immer fröhlicher und gesprächiger. Simon, Jemina, Menachem und die Brüder warteten gespannt auf den Höhepunkt mit der Buna-Zeremonie. Die Kinder sollten eigentlich schon lange im Bett liegen, doch vor allem Rufus schlich sich immer wieder herbei und beobachtete mit glühenden Augen, wie Samravit das Bunagetränk vorbereitete. Seine verstorbene Mama war eine berühmte Buna-Zeremonienmeisterin gewesen. Die Zeremonie nahm viel Zeit in Anspruch; sie begleitete die Gäste durch das ganze Essen. Die tafelnden Damen begeisterten sich für Samravits Kunst des Röstens der Bunabohnen und des feinen Zermörserns. Sie sogen den Röstduft genüsslich ein. Die Männer dagegen nahmen ihn kaum wahr, der fremdartige Honigwein war für sie anregender. Sie liessen sich immer wieder nachgiessen und wurden immer noch fröhlicher und noch gesprächiger. Dem Oppositionsführer des Senats, dessen Name Synesimos der Einsichtige bedeutet, schien allmählich einzuleuchten, dass eine multikulturelle Stadt wie Kyrene nicht nur über prächtige Tempel für Apollo, Zeus, Demeter und Pallas Athene verfügen musste, sondern auch Geld aufbringen sollte für eine würdige Synagoge. Er sicherte Simon für die nächste Senatssitzung seine Stimme für dieses Anliegen zu. Lucretius und Aebutius besprachen die Preise von Öl, Weizen und Glaswaren und wollten wissen, ob Simon ihnen genug Weizen und Silphium würde liefern können.

Und dann kam der grosse Augenblick: Samravit offerierte in Schalen den *Arbol*, den ersten, echt dicken und bitteren Bunaaufguss. «*Bitter wie der Tod*, pflegen wir dazu zu sagen», erklärte Simon das Ritual. Die Gäste nahmen vorsichtig einen kleinen Schluck. Die meisten machten nicht gerade begeisterte Gesichter. Aufgrund des herrlichen Röstdufts wagte Chloe einen herzhaften Schluck; sie verbrannte sich dabei allerdings Lippen und Zunge, verschluckte sich und begann zu husten; ihr Atem stockte. «Caff, caff, caff, caffeum», japste sie, die schwarze Brühe über ihr schönes Gewand spuckend. Hauptmann Aebutius sprang auf und klopfte seiner Geliebten auf den Rücken. «Caff, caff, caffeum», japste diese immer noch und rang nach Luft. Als sie wieder sprechen konnte, entschuldigte sie sich. «Das ist mir noch nie passiert, tut mir leid.»

Der Hauptmann schüttelte energisch den Kopf. Chloes *caff, caff caffeum* aufnehmend verkündete er: «Ich nenne dieses Gebräu *Caffeum*. Es ist in der Tat bitter wie der Tod.»

«*De gustibus non est disputandum* – über den Geschmack lässt sich nicht streiten», fand Händler Lucretius. «Diese schwarze Brühe erfreut wohl nur Menschen, welche von jenseits der grossen Wüste kommen. Glaub mir, edler Senator», wandte er sich an den Gastgeber, «Caffeum wird nie ein Genussmittel im Imperium Romanum werden.»

«Vielleicht schmecken den Damen und Herren die *Tona* und der *Barek*, der zweite und dritte Aufguss, besser», versuchte Jemina die Ehre des Getränks zu retten. «Als rabbinische Jüdin habe ich mich auch erst daran gewöhnen müssen, die ersten paar Mal fand ich das

146

Getränk scheusslich, tatsächlich bitter wie der Tod, doch jetzt mag ich dieses ...», sie lächelte und gebrauchte den neuen Ausdruck, «jetzt mag ich dieses Caffeum; ihr werdet sehen, man wird davon hellwach.»

Doch die meisten Damen und Herren wollten weder von *Tona* noch von *Barek* etwas wissen. Lucretius sagte freundlich, aber bestimmt: «Im Imperium Romanum, vor allem im Zentrum des Reiches, auf der Halbinsel Italia, wird selbst in tausend Jahren nie jemand Caffeum trinken.» Mit dieser Aussage hatte er sich allerdings schwer getäuscht.

Einzig Synesimos und seine Gattin Amalia liessen sich gern *Tona* und *Barek* servieren. Der Oppositionsführer fand, der erste, ganz bittere Aufguss habe ihm am besten geschmeckt. Er versprach, innerhalb von Kyrene den Genuss von Caffeum zu fördern. Amalia war beeindruckt von den Ritualsätzen, die beim Genuss der drei Aufgüsse gesprochen wurden. Den *Barek*-Aufguss liess sie sich zweimal nachgiessen.

«*Süss wie der himmlische Segen*, davon kann ich nicht genug bekommen», meinte sie, «aber auch der *Tona*-Spruch *gut wie die Freundschaft* ist sinnvoll. Diese Zeremonie werde ich zuhause in Zukunft auch feiern und dazu die Senatoren zu Gesprächen einladen.»

Der Oppostionsführer mahnte indessen zur Vorsicht: «Wenn der Bunaufguss bei den Senatoren eine Wirkung wie *Caff Caff* hat, geraten meine politischen Vorschläge in Misskredit.»

Jemina hatte sich unterdessen mit der verkleckerten Chloe diskret in den Nebenraum zurückgezogen. Nun kehrte sie mit der gereinigten, sorgfältig mit Rosenduft besprengten und neu eingekleideten Geliebten des Hauptmanns zurück. Chloe fühlte sich in dem Gewand, das Jemina ihr geschenkt hatte, glücklich. Das alte, caffeumverschmutzte Gewand werde sie ihrer Lieblingssklavin schenken, meinte sie.

Niemand nahm Simon das Caffeum-Unglück übel. Die Damen und Herren konnten sich vor Lachen kaum erholen, doch der Durchbruch mit Buna-Caffeum war fürs Erste misslungen. Menachem war enttäuscht.

«Gut Ding will Weile haben», beschwichtigte Jemina beim Aufräumen geradezu prophetisch, «selbst wenn es hunderte von Jahren dauern sollte.»

Dass Araber Qava tranken, wie Caffeum bei ihnen genannt wurde, wusste sie bereits. Von Türken hatte sie noch nie etwas gehört. Und dass diese ihr unbekannten Türken dereinst bei der verlorenen Schlacht vor Wien auf ihrer Flucht fünfhundert Kaffeesäcke zurücklassen würden, konnte sie ebenso wenig wissen wie dass fast siebzehnhundert Jahre nach ihrem Ausspruch das erste Wiener Kaffeehaus eröffnet würde. Doch zu Recht hatte das Täubchen gesagt: «Gut Ding will Weile haben, selbst wenn es hunderte von Jahren dauern sollte.»

In der Wasserwüste

Die neue Synagoge, die Simon mit Hilfe des Oppositionsführers Synesimos hatte errichten können, war in keiner Weise mit dem imposanten Zeus- oder dem Apollotempel zu vergleichen. Simon hatte sie bewusst als Lehrhaus und nicht als Tempel entworfen. Der Tempel der Beta Israel und Beta Jehuda stand in der heiligen Stadt Jerusalem oder in Aksum. In Aksum, weil die dortige Mesgid der Sitz der Bundeslade war. Die von Simon erbaute Synagoge war ein gediegener Bau, der mit seinen nach oben zeigenden Säulen auf etwas Grösseres wies, das in keinem noch so gewaltigen Gebäude eingefangen werden konnte. Die neue Synagoge war grösser als die alte, die Erweiterung hatte sich durch den Zuzug von Beta-Israel-Flüchtlingen aufgedrängt. Sie passte gut ins Stadtbild und wirkte trotzdem wie etwas Besonderes. Bei seinem Entwurf hatte sich Simon an den in Aksum vorherrschenden Baustil gehalten, aber auch die Rundform der heimatlichen Kuhfladenhütten einbezogen. Einen Tempel hatte er nicht schaffen wollen, doch der Gedanke an den Tempel in Jerusalem und an die grosse schöne Mesgid in Aksum hatte ihn während der Bauarbeiten sehr beschäftigt.

Eigentlich war durch die Bundeslade die Mesgid in Aksum der wahre Tempel, wenn auch in der falschen Stadt. Die Bundeslade war von Salomos Sohn Menelik nach Aksum entführt worden. War es Simons Aufgabe, die Bundeslade nach Jerusalem zurückzuführen? Er besprach diese Frage immer wieder mit seiner Frau. «Unser Besuch in Jerusalem wird Klarheit schaffen», war das Täubchen überzeugt.

Simon freute sich, dass Jemina von *unserem* Besuch in Jerusalem sprach. Sie wollte an der Reise ins heilige Land teilnehmen und auch Rufus und Alexander mitnehmen. Er war erleichtert. Er wollte sich nicht von seinen Lieben trennen. Sie mussten unbedingt dabei sein, wenn Gott sich von Angesicht zu Angesicht zeigte.

Simon hatte nicht die Absicht, möglichst lang unterwegs zu sein. In Kyrene war er als Kahen, Händler und Politiker ein gefragter Mann. Direkte Schiffsverbindungen von Kyrene nach Caesarea waren selten, doch Gott hatte es gefügt, dass just in dem siebenten Jahr, in dem sich in der heiligen Stadt die Erscheinung Gottes ereignen sollte, der Menschenschau-Zirkus aus Rom kommend in Kyrene gastierte und nach Caesarea weiterzureisen gedachte. Simon, Jemina, Rufus und Alexander hatten an der Vorstellung im Amphitheater teilgenommen. Kleinwüchsige Männer und Frauen hatten Kunststücke aufgeführt, sie waren grossen dickleibigen Menschen nachgerannt und hatten sie mit Lassos eingefangen. Die Zuschauer hatten schallend gelacht. Auch dass die Fettkolosse an einer Stange hochklettern mussten, es aber nicht schafften, hatte die Leute amüsiert. Ein Zwillingsschwesternpaar, das miteinander verwachsen war und einen gemeinsamen Unterleib besass, hatte Lieder gesungen. Wieder hatten alle gelacht. Doch niemand hatte gelacht, als schwarze Menschen voller Energie ihre Musikinstrumente trommelten. Schwarze Menschen waren in Kyrene keine Seltenheit, die Beta Israel waren ja schwarz. Wozu also etwas so Alltägliches wie schwarze Menschen in der Ausstellung *Launen der Götter*, wie die Schau hiess? Offenbar waren schwarze Menschen in Rom selber genauso selten wie zusammengewachsene Zwillinge, Fettkolosse und Zwerge. Das Imperium Romanum war ein Reich weisser Menschen, Nordafrikaner sahen ähnlich aus wie Griechen.

Nach der Vorstellung durften die Zuschauer mit den *Launen der Götter* sprechen und sie berühren. Der achtjährige Alexander war etwas scheu, doch mit unverhohlener Neugier starrte er unentwegt eine dicke nackte Frau an. Sie lächelte ihn freundlich an, winkte ihn zu sich und hob ihn auf ihren mächtigen Busen. Er konnte dort stolz sitzen wie auf einem Polsterstuhl. Wiederum lachten alle. Simon versuchte mit den schwarzen Männern zu sprechen, doch diese redeten eine völlig andere Sprache. Ihr Erstaunen über die Tatsache, dass Simon und seine Kinder keine Ausstellungsobjekte waren, stand ihnen deutlich ins Gesicht geschrieben. Den Buben

150

gefiel die Menschenausstellung sehr, Simon und Jemina dagegen waren bedrückt. Das Schiff mit der Ausstellung war jedoch die einzige Möglichkeit, im siebenten Jahr ins heilige Land zu gelangen.

Auf dem Schiff hausten die *Launen der Götter* eng zusammengepfercht im Schiffsrumpf, doch durften sie bei ruhiger See das Deck betreten. Wiederum waren die schwarzen Schauobjekte erstaunt, als sie feststellten, dass Simon mit der weissen Frau und den Kindern im Heckteil des Schiffes in der geräumigen Kajüte, in welcher der Kapitän und begüterte Reisende wohnten, untergebracht war. Einen freien, reichen schwarzen Bürger hatten sie noch nie gesehen. Auf Deck gesellte sich Simon oft zu den benachteiligten Menschen. Einmal mehr musste er an das Wort denken: *Er hatte weder Gestalt noch Schönheit, er war verachtet, ein Mann der Schmerzen.* Das Schaukeln des Schiffes bereitete weder ihm noch Täubchen noch den Kindern Schwierigkeiten. Auf Kamelritten hatten sie sich oft schaukelnd fortbewegt und jetzt befanden sie sich sozusagen auf einem riesengrossen Kamel. Beängstigend war für Simon eher die Tatsache, dass sie oft tagelang nur Himmel und Wasser erblickten. Auf dem heimatlichen See hatte er immer eine Insel oder das andere Ufer gesehen. Oft wurde ihm vor lauter Wasser schwindlig, sodass er sich an die Reling klammern musste. Die Bedrohung durch die endlose Wasserwüste verschwand jedoch, wenn Delphine um das Schiff herumtollten. Ihre Sprache verstand er fast besser als die Sprache der schwarzen Schauobjekte. Wenn Rufus und Alexander neben ihm standen, spürte er die Freude der Delphine über die Kinder. Sie stellten sich seinen Söhnen richtiggehend zur Schau. Mit ihren Schwänzen in grosser Geschwindigkeit hin- und herschlagend gelang es ihnen, auf dem Wasser sozusagen zu gehen. Wenn die Kinder jauchzten, beendigten die Tiere den Seewandel mit einem eleganten Sprung zurück ins Wasser. Einer der Delphine wartete immer darauf, dass Rufus sich über die Reling beugte. Dann sprang er hoch und küsste Rufus auf den Mund. Ein anderer machte sich einen Spass daraus,

Alexander mit Wasserfontänen zu bespritzen. Oft streckten die liebenswürdigen Tiere einfach ihre spitzen Mäuler aus dem Wasser und stiessen lachende Quietschlaute aus. Mit Quietschlauten riefen sie auch nach den Kindern, wenn diese nicht auf Deck waren. Die Götterlaunen-Mitpassagiere staunten über die Kommunikation der Kinder mit den Meerbewohnern. «Salomos Blut lässt sich nicht verleugnen», lautete das Urteil der beglückten Mutter.

Simon war ein guter Beobachter. Die Matrosen waren derbe Menschen wie die Wüstenbewohner, doch genau wie diese waren auch sie sehr gläubig. Ihm war klar: Sowohl in der Wüste als auch auf dem Meer konnte man nur mit Hilfe Gottes oder der Götter überleben. Auf jedem Schiff stand in Kapitänskajüte ein Poseidonaltar, vor dem sich die Mannschaft täglich zu Gebet und Opfer versammelte. In der Stadt war Simon manchmal auf Männer gestossen, die zwar den Göttern Opfer darbrachten, weil das eben so Brauch war und sie wussten, was sich gehörte, aber an Gott oder an Götter glaubten sie nicht. Er war jedoch kein einziges Mal in seinem Leben Matrosen oder Wüstenbewohnern begegnet, die gottlos gewesen wären. Kapitän, Steuermann und Matrosen kannten die Tücken des Meeres. Wenn auf den Wellen Schaumkronen erschienen und der Kapitän den Befehl gab, das Hauptsegel einzuziehen, bewegten sich die Lippen der Matrosen im Gebet. Für die Passagiere bedeutete das, dass sie vom Deck verschwinden mussten. Wenn der Wind so richtig zu heulen anfing und die Wellen sich wie Berge erhoben, konnte der Kapitän keine Befehle mehr erteilen, seine Stimme war nicht mehr zu hören. Jeder einzelne Matrose war auf sich allein und seine Götter angewiesen, um das Richtige oder auch gar nichts zu tun, sodass das Schiff also einzig von der Gunst oder Wut der Götter abhängig war.

Auf ihrer Reise erlebten Simon und seine Lieben zweimal einen solchen Sturm. Simons Gegenwart wirkte beruhigend auf die Mannschaft. Bei ruhiger See erzählte er ihnen, dass sie heil in

Caesarea ankommen würden, denn Gott habe einen wichtigen Plan mit ihm, also könne das Schiff nicht untergehen. Hätte Simon auf diese Weise zu Städtern gesprochen, würden viele spöttisch gelacht haben. Von den Matrosen jedoch lachte kein einziger über Simons Zusicherung. Der Kapitän bat ihn sogar inständig, von seinen Gotteserfahrungen zu berichten. Die Mannschaft, aber auch die Ausstellungsmenschen hörten gebannt zu. Unter den Matrosen gab es solche, welche schon Schiffbrüche erlebt hatten. Auf Planken zertrümmerter Schiffe waren sie auf dem Meer umhergetrieben worden, bedroht von der Gefahr, entweder zu ertrinken oder zu verdursten. Einer war von einer spitzmündigen Meerjungfrau an Land geschoben worden. Simon und die Buben schauten einander an und lächelten – die Meerjungfrau war ein Delphin gewesen. Der Kapitän erzählte Rufus und Alexander mit einem gewissen Augenzwinkern die Geschichte von den beiden Meerungeheuern Skylla und Charybdis, zwischen denen sie bald hindurchsegeln würden. Die Skylla hatte sechs Köpfe mit einer dreifachen Reihe von Zähnen in jedem Maul. Das letzte Mal hatte das Ungeheuer drei Matrosen erwischt, zerfleischt und gefressen. Die Charybdis sog dreimal täglich das Meerwasser ein, um es gleich darauf brüllend wieder auszuspucken. Das sei schlimmer als die beiden Stürme, die sie erlebt hatten, betonte der Kapitän. Beim Einsaugen und Ausspucken sei jedes Schiff verloren.

Alexander begann zu zittern. Der Kapitän nahm ihn in die Arme und beruhigte ihn: «Das ist bloss eine Geschichte. Es gibt weder eine Skylla noch eine Charybdis, aber die Geschichte zeigt, dass eine Reise über das Meer gefährlich ist und nur von mutigen Menschen unternommen werden darf. Aber du bist ja ein mutiger Kleiner», sicherte er Alexander zu.

«Und wie ist es mit Seeräubern?», fragte das Kind. «Ist das auch nur eine Geschichte?»

Der Kapitän wurde wieder ernst. «Nein, Kleiner», seufzte er, «das ist leider kein Märchen. Bete zu deinem Gott, dass wir ihnen nicht begegnen.»

Am siebzehnten Tage nach ihrer Abreise aus Kyrene trafen sie im Hafen von Caesarea ein. Auf dem Schiff hatten sie das Schaukeln kaum mehr wahrgenommen, aber als sie den Fuss an Land setzten, schien sich alles zu bewegen. Die auffällig aussehenden Menschen, die am nächsten Tag wieder im Theater auftreten sollten, wankten an Land nicht. Sie waren schon oft vom Schiff gestiegen, sodass sich ihr Körper sofort auf den nichtschaukelnden festen Boden einstellen konnte. Der Abschied von ihnen und der Mannschaft war bewegend. Gemeinsam bewältigte Gefahr verbindet. Mannschaft, Launen der Götter und Passagiere waren eine Schicksalsgemeinschaft gewesen. Der freundliche Kapitän sorgte dafür, dass Simon und seine Lieben noch am selben Tag in einem von Pferden gezogenen Wagen die Weiterreise nach Jerusalem antreten konnten. Sie fühlten sich fremd wie nie zuvor in ihrem Leben. Es gab nur noch weisse Menschen, die sie anstarrten. Sogar die vielen streunenden Hunde schienen ihnen nachzublicken. Sie hörten ein Kind rufen: «Mama, schau, diese Leute gehören zu den Halbmenschen, die im Theater auftreten werden!»

Das Passahfest war nahe. Aus diesem Grund waren viele Juden unterwegs in die heilige Stadt. «Ihr werdet in Jerusalem keine Übernachtungsmöglichkeit mehr finden», warnte ihr Wagenlenker. «Ich führe euch zu meiner Schwester, die ausserhalb der Stadt im Kidrontal wohnt. Ihre Kinder sind erwachsen und nicht mehr zuhause. Sie ist kürzlich Witwe geworden und ist froh, mit der Beherbergung von Gästen ihr tägliches Brot zu verdienen.» Der Wagenlenker hatte Mühe zu begreifen, dass seine Reisenden Juden waren. «Juden sind nicht schwarz», meinte er unschuldig. Simon erzählte ihm die Geschichte von Salomo und der Königin von Saba und berichtete ihm von seiner Absicht, im heiligen Land ein Feld für eine Grabstätte zu kaufen. Auf Hebräisch zitierte er Worte aus der Thora. Dem Wagenlenker blieb vor Staunen der Mund offenstehen. Simons Hebräisch war mittlerweile fast perfekt, wogegen sein eigenes Hebräisch sehr mangelhaft war. «Ihr seid ja tatsächlich Juden», meinte er staunend. Was die Suche und den Kauf eines Feldes für eine Grabstätte anbetraf, wusste der

Fahrer ebenfalls guten Rat. «Meine Schwester will ihr Feld verkaufen. Sie wird es euch noch so gerne abtreten, wenn sie das Feld weiterhin besäen und beernten darf. Ihr Feld stösst direkt an den grossen Friedhof, wo seit tausend Jahren Juden eine letzte Ruhestatt finden. Du wirst also dereinst in grosser Nähe zum Grab Davids zu liegen kommen.»

Simon hob seine Augen gegen den Himmel und sagte leise: «Danke, mein treuer Herr und Gott.»

Die Gottesschau

Das Kidrontal trennte den Ölberg vom Berg Zion, um den herum die Häuser der Altstadt Jerusalems sich wie Küken um die Henne sammelten. Der Tempel auf dem Zion lag über der heiligen Stadt dem Aussehen nach wie ein ruhender Löwe, vorne breit, hinten schmal. Der Löwe von Juda war das Sinnbild für das Haus Jehuda. Auf der Zinne des Tempels funkelten goldene Spiesse im Sonnenlicht wie Blitze der Herrlichkeit Gottes, was aber seit Jahrhunderten eine Vorspiegelung falscher Tatsachen war, denn die Herrlichkeit Gottes war an die Bundeslade gebunden. Dennoch begann Simons Herz heftig zu pochen, als er vom Kidrontal aus auf der Anhöhe den Tempel mit dem leuchtenden Zinnenkranz erblickte. Er wusste, bald würde er Gott von Angesicht zu Angesicht schauen. Allerdings würde der Schöpfer von Himmel und Erde bei einem Tempel ohne Bundeslade wohl gar nicht herrlich aussehen, sondern sich als Gott ohne Schönheit offenbaren, gemäss dem Wort *er hatte weder Gestalt noch Schönheit* – ein Gott, so lange verachtet, bis die Bundeslade wieder an dem Ort stand, wo sie hingehörte.

Dina hiess ihren Bruder, den Fahrer, mit seinen dunkelhäutigen Gästen herzlich willkommen. Ihr Haus mit Feld lag an einem Hang, der zum Ölberg hinaufführte. Da der Raum auf dem alten Friedhof knapp geworden war, hatte sie auf ihrem Land bereits Öffnungen in den Ölbergfelsen hauen lassen. Sie war erstaunt, dass ein so fremdartig aussehender Mann mit wunderschönen, aber ebenso fremdartig aussehenden Kindern ausgerechnet in Jerusalem ein Stück Land mit einer Grabstätte kaufen wollte. Sie verstand die Welt erst recht nicht mehr, als sie vernahm, dass der dunkle Fremde ein Jude sein sollte. Ihr Bruder lachte; auch er hatte nichts von der Existenz schwarzer Juden gewusst. Simon und Dina wurden schnell handelseinig.

In der Annahme, dass ihr Bruder wie jedes Jahr mit Passahgästen in Jerusalem eintreffen würde, hatte Dina alles für das Passahmahl vorbereitet. Einen Enkel, der die rituellen Fragen stellen sollte, hatte sie auch ins Haus bestellt. Zu ihrer Verblüffung übergab ihr Bruder die Leitung der Zeremonie jedoch dem Fremden. Aus der Art und Weise, wie dieser die Essensgemeinschaft durch die Feier führte, ahnte sie, dass der Fremde, der sich Kahen nannte, ein Rabbi sein musste. Ihr Enkel fand schnell einen harmonischen Weg für das Passah-Frage-und-Antwort-Zeremoniell, bei dem es um den Auszug aus Ägypten ging.

Am Morgen nach dem Passahfest nahm Simon gleich nach dem Frühstück mit Frau und Kindern das Feld mit der Felsenöffnung in Augenschein. An diesem Ort würden also dereinst ihre sterblichen Überreste ruhen. Den Buben war ein bisschen unheimlich zumute. «Gell, Papa», meinte Alexander treuherzig, «wir sterben alle noch ganz lange nicht. Und wenn wir sterben, sterben wir alle gemeinsam, du und Mama und Rufus und ich.»

«Ja, so ungefähr wird es sein», tröstete ihn der Vater. Mama wischte sich ein Tränchen aus den Augen. Der praktische Rufus übte bereits Probeliegen und fand, es reiche ganz gut für die Knochen von ihnen allen, selbst dann, wenn sich noch ein Brüderchen oder ein Schwesterchen zu ihnen gesellen würde. Beim Stichwort Schwesterchen wurden alle wieder froh. Alexander wünschte sich sehnlichst ein Schwesterchen, das er endlich, wie das zu seinem Namen gehörte, beschützen würde. Ein zweiter Bruder dagegen war nicht nötig, da er ja mit Rufus bereits den besten Bruder der Welt hatte. Eine überaus glückliche Familie machte sich nach der Grabbesichtigung auf den Weg, um die heilige Stadt auszukundschaften.

Daran, dass sie von Männern, Frauen und Kindern, Katzen und Hunden angestarrt wurden, hatten sie sich mittlerweile gewöhnt. Auch römische Soldaten waren für sie nichts Neues. Allerdings hatten sie in Kyrene die römische Überwachung noch nie in derart grossem Ausmass erlebt. «Das muss wegen des Passahs sein», vermutete die Mutter, «unglaublich, die vielen Pilger!»

Die Gassen waren eng und in der Menschenmenge kamen sie nur langsam voran. «Weg da, Platz gemacht!», brüllten auf einmal militärische Stimmen. Was sie erblickten, sah Simon nicht zum ersten Mal. Auch in Kyrene hatten die Römer Menschen, die sich gegen die kaiserliche Obrigkeit auflehnten, gekreuzigt. Doch diesmal sah es besonders scheusslich aus. Es waren drei Männer, die Kreuze schleppten. Derjenige, der ihnen mit seinem Kreuz auf dem Rücken am nächsten entgegenwankte, ein Mann mit einer Krone aus Dornen auf dem Kopf, war sicher ursprünglich ein schöner, starker Mann gewesen. Jetzt bot er einen grauenhaften Anblick. Im Gegensatz zu den beiden anderen war er offenbar römisch ausgepeitscht worden. Die römische Auspeitschung erfolgte mit einer Geissel aus mehreren Riemen mit einem Widerhaken am Ende eines jeden, sodass bei jedem Peitschenhieb ganze Fleischstücke aus dem Körper gerissen wurden. Simon dachte mit Schaudern an die Skylla mit den sechs Köpfen und einem Maul mit drei Reihen von furchtbaren Zähnen in jedem Kopf. Die römische Geissel war die Skylla, die den Unglücklichen vor seinem Todesgang bereits zerfleischt hatte. Jetzt brauchte es nur noch die Charybdis, die jeden, der ihr zu nah kam, in ihren Rachen hineinzog. Simon hatte den Gedanken an den Sog der Charybdis noch nicht zu Ende gedacht, als der Halbtote zusammenbrach und selbst durch Fusstritte mit harten Militärschuhen nicht mehr hochzubringen war. Einmal mehr musste Simon an das Wort denken: *Er hatte weder Gestalt noch Schönheit, er war verachtet!* Auch diesen Gedanken hatte er noch nicht zu Ende gedacht, als ihn die Charybdis erfasste und ihr Sog ihn mitten in das Drama hineinzog.

«Was ist das für ein komischer schwarzer Sklave?», brüllte eine scharfe Stimme. «Los, hilf dem Verbrecher auf, stell dich unter das Kreuz und hilf tragen, wir wollen schliesslich hier nicht stundenlang warten!» Eine eiserne Hand packte ihn und stellte ihn über den Zusammengebrochenen. Als Simon das blutende Fleischpaket aufrichtete, das einmal ein Mensch gewesen war, traf ihn ein Blick, der ihm alles offenbarte. Sein Atem stockte. Der

Verurteilte war die verachtete Herrlichkeit Gottes! Die Stunde, für die Simon gelebt hatte, war gekommen. So behandelte man Gott. So hatten Menschen Gott schon immer behandelt und so würden sie ihn auch in Zukunft behandeln. Willig stellte er sich unter das Kreuz. Er wechselte mit Jemina einen Blick. Täubchen nickte; sie verstand.

Das Kreuz war selbst für ihn, den Unversehrten, eine grosse Last, geschweige denn für den bereits Halbtotgeschlagenen. Doch seltsam, von dem Halbtoten ging eine unglaubliche Kraft auf ihn über. Simon wusste nicht, wie der Mann, der die verachtete Herrlichkeit Gottes verkörperte, in diese Situation geraten war, aber er fühlte sich mit dieser zerfetzten, blutigen Gestalt mit der Dornenkrone auf eine Art und Weise eins, wie er sich sonst nur in seinen tiefsten Gebeten mit Gott eins gefühlt hatte. Er versuchte, dem Unbekannten, von dem er die feste Gewissheit hatte, dass dieser sein ganzes Leben lang bei ihm gewesen war, die Kreuzeslast so weit wie möglich abzunehmen. Er stemmte das schwere Holz vor allem auf die eigenen Schultern. Bei jedem Schritt, den sie taten, tönte es in seinem Herzen: *verachtet, verachtet, verachtet; verachtet gestern, verachtet heute, verachtet morgen – verachtet – missachtet …*

Auf den balkonartigen Dächern wimmelte es von Neugierigen, welche der grausigen Prozession stumm oder auch grölend nachblickten. In den engen Gassen, durch welche sich der Versehrte und der Unversehrte schleppten, standen die Menschen dicht gedrängt: weinende Kinder, Frauen, die sich schaudernd abwandten, Männer, welche die Soldaten hasserfüllt anblickten, aber auch Menschen in frommer Gewandung, die den Halbtoten anspuckten und ihm Drohworte nachbrüllten. Obwohl er durch das Tragen des Kreuzes behindert war, versuchte Simon die Fäuste, die auf den Unglücklichen niederprasselten, abzuwehren. Schleppschritt um Schleppschritt wankten der Halbtote und der vermeintliche Sklave mit den beiden anderen Kreuztragenden durch das Osttor hinaus auf das Galgenfeld vor der Stadt. Dort angelangt wurde Simon von seinem blutüberströmten, zerfetzten Weggenossen brutal weggestossen. Der Unglückliche wurde auf das Kreuz geworfen und festgenagelt. Er kam mitten zwischen die beiden anderen Kreuze zu hängen.

Die Leute mit ihren Sonnenschirmen setzten sich und öffneten ihre Picknickkörbe. Sie gossen einander aus Schläuchen Wein ein. Sie nannten den Mann am mittleren Kreuz den Möchte-gern-Messias. Messias, das war die Straftat, die auf seinem Kreuz zu lesen war: *König der Juden*. Darum also die Dornenkrone.

Simons Augen suchten und fanden Jemina und die Kinder. «Lass uns den schrecklichen Ort verlassen», bat Jemina weinend.

«Geh du mit den Kindern», antwortete er, «meine Aufgabe ist es, hier zu sein.»

«Wir bleiben», erklärte mit fester Stimme Rufus und Alexander wie aus einem Mund, «es ist auch unsere Aufgabe.»

Wie konnten Kinder so etwas sagen? Jemina war erschüttert. Sie nickte: «Gut, wir bleiben, dann ist es auch meine Aufgabe.»

Die Folterknechte hoben dem als Messias Angeklagten grinsend eine Schale mit Essig und Galle entgegen. «Ein königlicher Trunk, Majestät», höhnten sie.

Die Zuschauer lachten schallend. Sie hoben ihrerseits ihre Trinkschalen: «Na dann prost, gute Thronbesteigung!»

Der Mitgekreuzigte zur Linken fluchte: «Du sogenannter Wundertäter, der du den Tempel zerstörst und ihn in drei Tagen wieder aufbaust, vollbring jetzt eines deiner Wunder!»

Der Gekreuzigte zur Rechten tadelte den Fluchenden trotz Not und Qual: «Hast du keine Furcht vor Gott, vor dem wir bald schon stehen werden? Wir werden für Mord hingerichtet, dieser dagegen hat nur Gutes getan.» Er wandte sich an den Dornengekrönten: «Du Gerechter, gedenke meiner, wenn du mit deiner Königsherrschaft kommst.»

Der Messias stiess einen dankbaren Seufzer aus und sprach: «Wahrlich, ich sage dir: Noch heute wirst du mit mir ...»

Den Rest der Aussage verstand Simon nicht, denn die leise Stimme des gekreuzigten Messias wurde übertönt von den lauten Rufen geschäftstüchtiger Verkäufer: «Leckere Honigkuchen, kaltes Wasser!» In der Sonnenglut waren viele für das Wasser dankbar. Andere gossen einander noch mehr Wein ein und grölten: «Steig doch herab vom Thron, grosser König!» Männer in religiöser Kleidung riefen zuckersüss: «Anderen hat er geholfen, so helfe er sich nun selber.»

Simon hörte den Verspotteten flüstern: «Vater, vergib ihnen, denn sie wissen nicht, was sie tun.»

Der Messias hatte offenbar einen Überwurf getragen, den liebende Hände aus einem einzigen Stück geschneidert hatten. Eine Kostbarkeit. Jetzt hing er nackt am Kreuz. Die Folterknechte würfelten, wer das Kleidungsstück erben sollte. Eine weinende Frau versuchte das Kreuz des Messias zu umarmen. Es sah aus, als ob sie vor Schmerz zusammenbrechen würde. Simon eilte hin, um sie zu stützen. Beide wurden von groben Händen weggestossen. Ein Jüngling fing die Schluchzende auf. Wieder flüsterte der Messias etwas. Es hörte sich an wie: «Johannes, das ist jetzt deine Mutter. Mutter, du hast wieder einen Sohn.» Seine Stimme war fast nicht mehr zu hören, denn er bekam unter seinem eigenen hängenden Gewicht keine Luft mehr. Er versuchte sich auf seinen festgenagelten Füssen emporzurichten, um Atem zu holen, sackte jedoch von glühenden Schmerzen gepeinigt gleich wieder zusammen. Simon sah, wie heftige Krämpfe durch Arme und Beine des Gequälten rasten. Der Schmerz war nicht mehr auszuhalten. Erneut stemmte der Messias sich auf den Füssen empor, holte Atem und schrie: «Mein Gott, mein Gott, warum hast du mich verlassen?!» Dann sank er wieder in den Erstickungszustand.

«So soll es jedem Gottlosen gehen!», grölte einer der Angetrunkenen. Das war für Simon zu viel. Er stellte sich vor den Säufer und sagte scharf: «Dein Gottloser hat eben gerade ein Psalmwort Davids gebetet.»

«Was willst du schwarzer Götzenanbeter schon von unserem König David verstehen», rülpste der Betrunkene.

Bei Schriftworten wurden selbst die Frommen aktiv. «Es ist tatsächlich ein Psalmwort Davids, das der Möchte-gern-Messias gebetet hat», belehrte ein religiös Gekleideter den Säufer. Gleichzeitig drückte der Fromme seine Abneigung gegen die Sauferei mit einem Schriftwort aus. «*Wehe denen, die Helden sind im Weintrinken und Kraftmenschen im Mischen des Rauschgetränks*, zu lesen beim Propheten Jeremia.»

«Danke für die Unterstützung», meinte Simon, «aber eigentlich ist es der Prophet Jesaja, von dem dieses Wort stammt.»

Was war das? Hatte man nicht vom mittleren Kreuz einen seltsam gurgelnden Laut vernommen? Simon blickte auf. Tatsächlich, der Sterbende hatte gelacht. Das Lachen hatte allerdings seine Lungen angestrengt; er richtete sich auf seinen wunden Füssen auf, stöhnte und liess sich gleich wieder sinken.

«Papa, schau mal die Lilien auf dem Feld», rief Rufus mit geradezu freudiger Stimme.

«Ja, was ist mit den Lilien?», fragte der Vater.

«Sie haben sich nicht nach der Sonne ausgerichtet, wie sie das normalerweise tun, sondern nach dem mittleren Kreuz.»

Tatsächlich, jetzt erst fiel Simon diese Seltsamkeit auf. Auch der Hauptmann starrte erst auf die Lilien und dann wieder auf das Kreuz. Er wirkte bestürzt und beunruhigt.

«Mich dürstet» hörten sie den Messias flüstern. Rufus öffnete den mitgebrachten Wassersack und näherte sich damit voll Vertrauen dem Hauptmann. Dieser lächelte und reichte Rufus einen

Schwamm. Er gab dem Jungen ein Zeichen, bückte sich und liess ihn auf seine Schultern steigen. Da stand Rufus mit dem nassen Schwamm auf den Schultern des Hauptmanns. Er fuhr dem Messias damit über das Gesicht und die Lippen. Der Hauptmann hatte Tränen in den Augen.

Auf einmal erscholl ein durchdringendes Lachen. Die Leute drehten sich um; sie schrien vor Entsetzen laut auf und rannten davon. Am Rand des Galgenfeldes standen drei Hyänen. Der Hauptmann griff nach seinem Speer, doch liess er ihn sogleich wieder sinken. Er hatte begriffen. Die ganze Natur nahm an dem Drama teil: die Lilien, die Hyänen, die Sonne, die Erde.

Woher nahm der Erstickende die Kraft für seine auf einmal mächtige Stimme? Der Schrei ging um die ganze Welt: «Es ist vollbracht! Vater in deine Hände befehle ich meinen Geist!»

Simon wurde es schwarz vor den Augen. Hatte er eine Vision oder hatte die Sonne tatsächlich ihren Schein verloren? Und warum befand er sich auf einmal im Tempel vor dem riesigen Vorhang, der die Menschen von der Gegenwart Gottes trennte? Beim Schrei des Messias zerriss der dicke Vorhang von oben nach unten. Dort, wo die Gegenwart Gottes sein sollte, gähnte Leere. Gott war nicht im Allerheiligsten des Tempels. Er war aber auch nicht bei der Bundeslade in Aksum. Er war nirgendwo. Er war gestorben.

Hatte der Hauptmann gerade eben dasselbe erlebt wie Simon? Der Hauptmann schrie: «Dieser war in Wahrheit Gottes Sohn!»

Die Hyänen waren verschwunden, die Lilien blickten wieder in Richtung Sonne. Der Mann am mittleren Kreuz war tot. Dort, wo die Hyänen gestanden hatten, tauchten Schriftgelehrte auf, unter ihnen ein würdiger Alter, den die anderen Joseph von Arimathia nannten. Sie kamen mit einem Befehl: «Die Mörder müssen noch vor dem Sabbat sterben, zerbrecht ihnen die Knochen! Am Sabbat darf keiner mehr hier hängen.»

«Dem Gottessohn brecht nicht die Knochen», wehrte der Hauptmann ab, «er ist bereits tot.»

«Ich habe die Erlaubnis, seinen Leichnam mitzunehmen und in mein Grab zu legen», erklärte Joseph von Arimathia. Der alte Mann wirkte vertrauenerweckend. Erschüttert blickte er zu dem Kreuz hinauf. «Verzeih mir, dass ich das nicht habe verhindern können.»

Die Soldaten lösten den Gottessohn vom Kreuz. Ihre Derbheit war verschwunden. Sie kümmerten sich um den Leichnam wie um etwas Heiliges. Sorgfältig hüllten sie ihn in die Tücher, welche Joseph von Arimathia ihnen reichte, gemäss jüdischer Sitte ein Tuch für den Leib und eine Binde für den Kopf. Zwei junge Sklaven nahmen die Last auf einer Trage entgegen. «Der Leichnam kommt in mein eigenes Grab, im Garten auf der anderen Seite des Steinbruchs», teilte Joseph dem Hauptmann mit.

Dieser atmete sichtlich auf. «Die übliche Entsorgung der Gekreuzigten hätte mir leidgetan», sagte er. Er gab seinen Soldaten einen Befehl. Sie griffen nach ihren Keulen und zerschmetterten den beiden andern Gekreuzigten die Beine. Diese gaben einen letzten gurgelnden Ton von sich und erstickten. Die Soldaten schulterten die Leichen und machten sich mit ihnen auf den Weg zur Hinnonschlucht – im Volksmund Gehenna, Hölle, genannt –, in welche, zusammen mit dem Müll Jerusalems, die von Gott Abgefallenen geworfen wurden. Die Gehenna war – wie die Jerusalemer zu sagen pflegten – der Ort, *wo das Feuer brennt und der Wurm nicht stirbt*, wo Aasgeier und Hyänen nach Fressbarem suchen.

Das Geheimnis

Den Buben sagte er nichts. Simon wusste, dass sie ihn sonst begleiten würden. Es gab jedoch Dinge zwischen Gott und ihm, die noch nicht für Rufus und Alexander waren, obwohl diese bereits tief in das gott-menschliche Drama verwickelt waren. Gott hatte Pläne mit seinen Söhnen, doch jetzt war er derjenige, der gefordert war. Einzig Jemina wusste, dass er das Haus der Gastgeberin nach Sabbatschluss, wenn Rufus und Alexander schliefen, verlassen würde, um vor der Grabstätte des Messias zu beten. Was erwartete er dort? Er wusste es nicht. Wollte er dort mit Pflanzen und Tieren reden? Wohl kaum. Hyänen würden sich dort nicht zeigen. Das Grab wurde von römischen Soldaten bewacht, welche mit den Tieren kurzen Prozess machen würden. Was er vorhatte, war nicht ungefährlich. Die Wächter konnten ihn ohne weiteres für einen Leichenräuber halten. Sie waren lateinischer Muttersprache. Der Statthalter wollte sichergehen, dass die Wächter sich nicht mit den Anhängern des Messias verbünden würden. Den Griechisch sprechenden Soldaten, die man oft mit griechischsprachigen Juden zusammen sah, traute er nicht. Die lateinischen Soldaten, welche als die eigentlichen Römer galten, waren verhasst. Juden würden nie mit Lateinern gemeinsame Sache machen. Simon war froh, dass er sich nicht geweigert hatte, Latein zu lernen. Er würde sie überzeugen können, dass er einfach beten wollte. Mit solchen Gedanken wanderte er in der Dunkelheit beim spärlichen Licht der Sterne durch das Kidrontal Richtung Zionsberg. Er durchschritt den Steinbruch mit dem Galgenfeld, wo die drei leeren Kreuze immer noch standen, und gelangte in den Park mit den Höhlengräbern.

«Wer ist da?», riefen die Wachen auf Aramäisch. Simon antwortete ihnen auf Lateinisch.

«Ah, der Mann ohne Gesicht», meinte einer. «Für uns Weisse sind schwarze Gesichter in der Nacht unsichtbar», grinste sie. Sie hatten ihn erkannt. «Es ist der Mann, den wir gezwungen haben, das

Kreuz des Möchte-gern-Judenkönigs zu tragen. – Was, du willst vor dem Grab beten? Komm, setz dich lieber zu uns, wenn du schon unsere Sprache sprichst.»

Simon hatte nichts dagegen, sich zuerst einen Augenblick zu den Wächtern zu setzen. Sie waren nicht mehr die groben Kerle, die ihn unter das Kreuz gezwungen hatten. Der Schrei des Hauptmanns, *dieser war in Wahrheit Gottes Sohn*, war ihnen unter die Haut gegangen. «Mit Gottessöhnen haben wir Römer kein Problem. Unsere Götter, an die wir zwar nicht wirklich glauben, haben mit Menschenfrauen Söhne und Töchter gezeugt, aber mit diesem Messias ist es irgendwie anders.»

«Es ist in der Tat anders», gab Simon ihnen Recht.

Und als er dies sagte, fuhr ein Blitz aus dem wolkenlosen Sternenhimmel und schlug in das Felsengrab, dass die Erde erzitterte. War es wirklich ein Blitz gewesen? Oder war ein Engel aus dem Himmel herabgefahren? Die Wächter schrien laut auf und rannten in Todesangst davon. Simon war nicht erschrocken. Ihm war ja verheissen worden, er werde Gott schauen. Die Leuchtkraft des Blitzes war erloschen, es war wieder finstere Nacht. Doch jetzt ereignete sich das zweite Wunder. So gewaltig der Blitz gewesen war, so sanft war das Licht, das aus dem Grab drang, durch den schweren Stein, mit dem das Grab verschlossen war, hindurch, ein stilles leises Licht, das allmählich die Form menschlicher Gestalt annahm und ihm die Hände entgegenstreckte. Auf den Händen leuchteten rote Punkte, wie von Nägeln durchbohrt, dieselben Punkte auf den Füssen, und in der Kopfgegend funkelten rote Pfeile wie die goldenen Speere der Zinnen des Tempels. Simon fühlte sich von der lichten Gestalt umhüllt, aber auch durchdrungen; die lichte Gestalt war um ihn und in ihm. Er hörte Frauenstimmen. Die lichte Gestalt entschwand in Richtung der Stimmen, doch es wurde nicht dunkel, der Tag brach an. Die ersten Sonnenstrahlen tanzten durch die Zweige der Bäume und liessen sich auf dem Stein vor dem Grab nieder.

Mit unaussprechlich warmem Herzen näherte sich Simon dem mächtigen Eingangsstein; er umschlang ihn mit beiden Händen und wälzte ihn zur Seite. Er betrat die Grabeshöhle, begleitet von einem Sonnenstrahl. Was er erblickte, erstaunte ihn nicht. Er hatte ja bereits das Licht aus dem Grab, aus dem Stein fliessen sehen. In der Höhle lagen die ihm bekannten beiden Tücher, das Körpertuch, in das der Tote eingewickelt worden war, und die Kopfbinde, die man um seinen Kopf gewunden hatte. Sie lagen ordentlich gefaltet da, als ob sich der Leichnam in nichts aufgelöst hätte. Tücher, die plötzlich leer geworden waren. Simon hatte zuvor das Licht durch den Stein dringen sehen, jetzt stand er vor den zusammengefallenen Tüchern. Er sah und glaubte.

Beglückt verliess er die Grabeskammer. Nachdenklich setzte er sich auf den grossen Stein, den er eigenhändig weggestossen hatte. Mit unaussprechlichen Gefühlen sass er da, in seiner weissen Schamma von Sonnenstrahlen umtanzt, wie ein leuchtender Engel. Er wartete auf die nächsten Schritte, die Gott, den er gesehen hatte, mit ihm gehen würde.

Nachwort

Über Simons Leben nach dem Erlebnis der Gottesschau weiss der Roman *Der Hyänenflüsterer vom Wasserfall* wenig. Simon kehrte nicht mehr nach Kyrene zurück. Im Neuen Testament finden sich nur wenige Hinweise darauf, was aus ihm und seiner Familie geworden ist. In Markus 15,21 werden die Söhne Rufus und Alexander erwähnt, also waren sie tragende Mitglieder der ersten christlichen Gemeinde. Dem Finanzminister der Königin Kandace begegnen wir in Apostelgeschichte 8. Von Simon aus Kyrene genannt Niger – also von einem Schwarzen – ist in Apostelgeschichte 13 die Rede. Aufgrund einer Vision trägt der als Niger bezeichnete Simon aus Kyrene dazu bei, dass Paulus auf seine Missionsreisen ausgesandt wird. In seinem Brief an die Gemeinde in Rom grüsst Paulus *den von Gott auserwählten Rufus und dessen Mutter, welche auch für den Apostel Paulus wie eine eigene Mutter gewesen ist.*

Die Leserinnen und Leser des Romans mögen sich ihre eigene Geschichte ausdenken, wie es mit Simon nach dem Miterleben von Kreuz und Auferstehung weitergegangen ist. Vielleicht nimmt die Geschichte sogar die Züge der eigenen Lebens- und Glaubensgeschichte an – ein Ahnen, dass die göttliche Stimme in jedem Leben flüstert. Kreuz und Auferstehung gibt es in jedem Leben. Simon von Kyrene möchte uns helfen, unsere kleinen Kreuze und unsere kleinen Auferstehungen mit dem grossen Kreuz und der grossen Auferstehung zu verbinden.

Begriffe

Arbol, Tona und Barek: die drei für die äthiopische Kaffeezeremonie obligatorischen Aufkochungen

Bath: hebräisch für Tochter

Ben: hebräisch für Sohn

Beredo: amharisch sowohl für Schnee als auch für Eis

Beta Israel: Selbstbezeichnung der äthiopischen Juden

Beta bzw. Beth: hebräisch für Haus. Zur Zeit Davids und Salomos waren die zwölf Jakob-Stämme ein einziges Reich. Nach dem Tod Salomos zerfiel das Davidreich in das Haus Jehuda und das Haus Israel.

Buna: amharisch für Kaffee

Caffeum: spätlateinisch für Kaffee. Die Römer kannten keinen Kaffee.

Gehenna (Hölle): die Abfallgrube Jerusalems, wo das Feuer brennt und der Wurm nicht stirbt (Mk. 9,48)

Goi: hebräisch für einen Nichtjuden

Hari: amharisch für Seide

Jebanna: äthiopische Kaffeekanne

Kahen: Rabbiner der äthiopischen Juden

Kofia: zylinderförmige Kopfbedeckung der Männer mit Luftlöchern. Die Frauen tragen eine Art Turban.

Kyrene (auch Cyrene geschrieben): Kyrene liegt auf einer Anhöhe in einem grünen Tal des Al-Dschabalgebirges in Ostlibyen. Die antike Ruinenstadt ist eine griechische Gründung und gehört zum UNESCO Weltkulturerbe. Kyrene war in der Antike eine der bedeutendsten Städte Nordafrikas und war mit der Hafenstadt Apollonia verbunden. Eine Provinz in Libyen trägt noch heute den Namen Kyrenaika.

Mesgid: Synagoge in Äthiopien

Natala: weibliches Gegenstück zur Schamma des Mannes, aus leichterem Stoff und mit reich bestickten Borden.

Roki Beri: amharisch für Felsentor

Schamma: das wallende ostafrikanische Gewand, unter welchem keine Unterwäsche getragen wird. Unterwäsche ist auch in Europa erst spät und vor allem bei den oberen Schichten bekannt geworden.

Schiffsverkehr auf dem Meer: In der Apostelgeschichte wird die Anzahl der Menschen, die sich zusammen mit dem Apostel Paulus auf dem Schiff befanden, mit 276 angegeben. Die Schiffskatastrophe, in welche Paulus geriet, war kein seltenes Ereignis. Der Grund des Mittelmeeres ist geradezu ein Museum für gesunkene Schiffe der Antike.

Sigd: das wichtigste Fest der äthiopischen Juden. Im Zug der Völkerverständigung wurde das für rabbinische Juden bislang unbekannte Fest der Bundeserneuerung in Israel zu einem arbeitsfreien nationalen Feiertag erhoben.

Silphium: ein Heilkraut, das in der Umgebung von Kyrene gedieh, aber heute ausgestorben ist

Singender Sand: ein Phänomen in den Dünenwüsten

Tej: äthiopischer Honigwein. Honig ist auch in unseren Tagen der grosse Exportschlager Äthiopiens.

Thora: der wichtigste Teil der jüdischen heiligen Schrift, die fünf Bücher Mose

Wik'iyanosi: amharisch für Meer

Wüsten-Imazighen: heute Berber genannt

Biblische Quellen

Vier Bibelstellen waren die Auslöser zur Entstehung des Simon-von-Kyrene-Romans: Mt. 27,32, Mk. 15,21, Lk. 23,26 und Apg. 13,1. Mk. 15,21 erwähnt die beiden Söhne und in Apg. 13,1 wird Simon aus Kyrene als schwarz (niger) bezeichnet.

Die Geschichte von Rabbi Schammai, Rabbi Hillel und dem Goi steht im Talmud. Das Zitat aus der Mitte der Thora steht in 3. Mose 19,18.

Die Theologen Nikodemus und Gamaliel:
- Nikodemus: Joh. 3,1ff.; 7,50; 19,39
- Gamaliel: Apg. 5,34; 22,3

Schnee, Eis und Hagel: Hiob 37,5ff.

Die Geschichte mit dem betrunkenen Noah und den Söhnen Sem, Ham und Japhet steht in 1. Mose 9,18ff. Diese Bibelstelle spielte selbst bei der theologischen Begründung der Apartheid Südafrikas eine Rolle.

Und Weisung wird ausgehen von Zion und das Wort des Herrn aus Jerusalem. Und er wird Recht sprechen zwischen den Völkern und Weisung geben vielen Nationen; und sie werden ihre Schwerter zu Pflugscharen schmieden und ihre Spiesse zu Rebmessern. Kein Volk wird wider das andere das Schwert erheben und sie werden den Krieg nicht mehr lernen. (Jes. 2,2ff.)

Er hatte weder Gestalt noch Schönheit. (Jes. 53,2)

Da wird der Wolf zu Gast sein bei dem Lamme ... (Jes. 11,6ff.)

Wehe denen, die Helden sind im Weintrinken und Kraftmenschen im Mischen des Rauschgetränks. (Jes. 5,22)

Erläuterungen

Die äthiopischen Juden – und mit ihnen die äthiopisch-orthodoxen Christen – bezeichnen sich als Nachkommen von König Salomo und der Königin von Saba. Für den Besuch der Königin bei Salomo gibt es biblische Quellen: 1. Könige 10 und 2. Chronik 9. Dass die beiden einen Sohn hatten und dieser die Bundeslade nach Aksum brachte, ist äthiopische Überlieferung. Für den heutigen Staat Israel sind die Beta Israel die Nachkommen des in Äthiopien eingewanderten Stammes Dan.

Die Bundeslade mit den zehn Geboten wird nach Überzeugung der äthiopisch-orthodoxen Christen in der Kirche der Heiligen Maria vom Zion in Aksum bewahrt. Die Stätte wird von einem Mönch bewacht, der Hüter auf Lebenszeit ist. Bei seinem Tod wird ein neuer Wächter bestimmt. Im Gottesdienst wird in einer mit schwarzem Tuch abgedeckten Truhe eine Kopie der Bundeslade hereingetragen.

Die äthiopischen Christen sind innerhalb der orthodoxen Christenheit eine eigenständige Kirche. Ihre Mitglieder halten sich für Judenchristen mit vielen jüdischen Bräuchen (Beschneidung, Speisegebote). Eine weitere Besonderheit der äthiopisch-orthodoxen Christen ist ihr monophysitischer Christusglaube, also der Glaube, dass Christus nicht wahrer Gott und wahrer Mensch, sondern nur wahrer Gott ist. Der monophysitische Glaube steht im Gegensatz zu einer ebenfalls monophysitischen säkularen Auffassung, wonach Jesus nur Mensch, aber nicht Gott ist. Monophysitisch ist griechisch und heisst: nur eine Natur.

Der Hyänenpakt ist eine äthiopische Legende.

Die Hyänenfütterung in Harar ist eine touristische Attraktion, die der Kuss der Hyäne genannt wird: Man spiesst auf ein kurzes Stäbchen ein Stück Fleisch, steckt sich das fleischlose Ende des Stäbchens in den Mund und hält der Hyäne das Ende mit dem Fleisch zum «Kuss» entgegen.

Der Hyänenflüsterer ist zwar ein historischer Roman, doch er ist, was er ist: ein Roman, u.a. mit erfundenen Königen. In Äthiopien hat es nie einen König Abuznegus gegeben. Eine Königin Kandace aus Äthiopien mit ihrem Beta-Israel-Schatzmeister wird dagegen in Apostelgeschichte 8 erwähnt.

Weitere Bücher von Marcel Dietler

Judas

Der berühmteste Kuss der Welt

ISBN-13: 9783753424927

Erscheinungsdatum: 11.03.2021

Der zwangspensionierte Gott

Ein Blick aus der Zukunft in die Vergangenheit und Gegenwart

ISBN-13: 9783752628975

Erscheinungsdatum: 18.11.2020

Gekrönt oder gehörnt

Mit Gott und Menschen durch die Coronakrise

ISBN-13: 9783751935166

Erscheinungsdatum: 12.06.2020

Über die Bücher gehen

Ein Gespräch mit Bibel-Verächtern, Bibel-Gläubigen, Bibel-Freunden, Bibel-Neueinsteigern und Bibel-Gelangweilten

ISBN-13: 9783750482371

Erscheinungsdatum: 20.03.2020

Pilatus

Die letzten Stunden des Statthalters von Helvetien

ISBN-13: 9783750403390

Erscheinungsdatum: 16.11.2019

Ich freue mich auf meine Beerdigung

Ich werde dabei sein

ISBN-13: 9783749431427

Erscheinungsdatum: 05.04.2019